「ご覧の通り、偉大なる国王陛下から
学園を任されたのにもかかわらず、
その資金を横領したり、あろうことか一部の平民の生徒を
人身売買していた愚か者がいるのです」
カリス
「このようなことがあった以上、
学園も学園を任されていたゲチリカ侯爵も
それ相応に処罰する必要があるかと」
ゲチリカ侯爵
「くっ……！」
悪役令嬢の父親に転生したので、妻と娘を溺愛します2
akuyakureijo no chichioya ni tensei shitanode
tsuma to musume wo dekiai shimasu

セレナ
マクベス
本日はセレナ主催のお茶会なのだが
参加しているメンバーに彼女は笑ってしまう。

(これはまた凄いわね……)
ローリエ
セリュー
レベン
全員が乙女ゲームのキャラクターであるが……。
(中身がまるで違うからますますおもしろい)

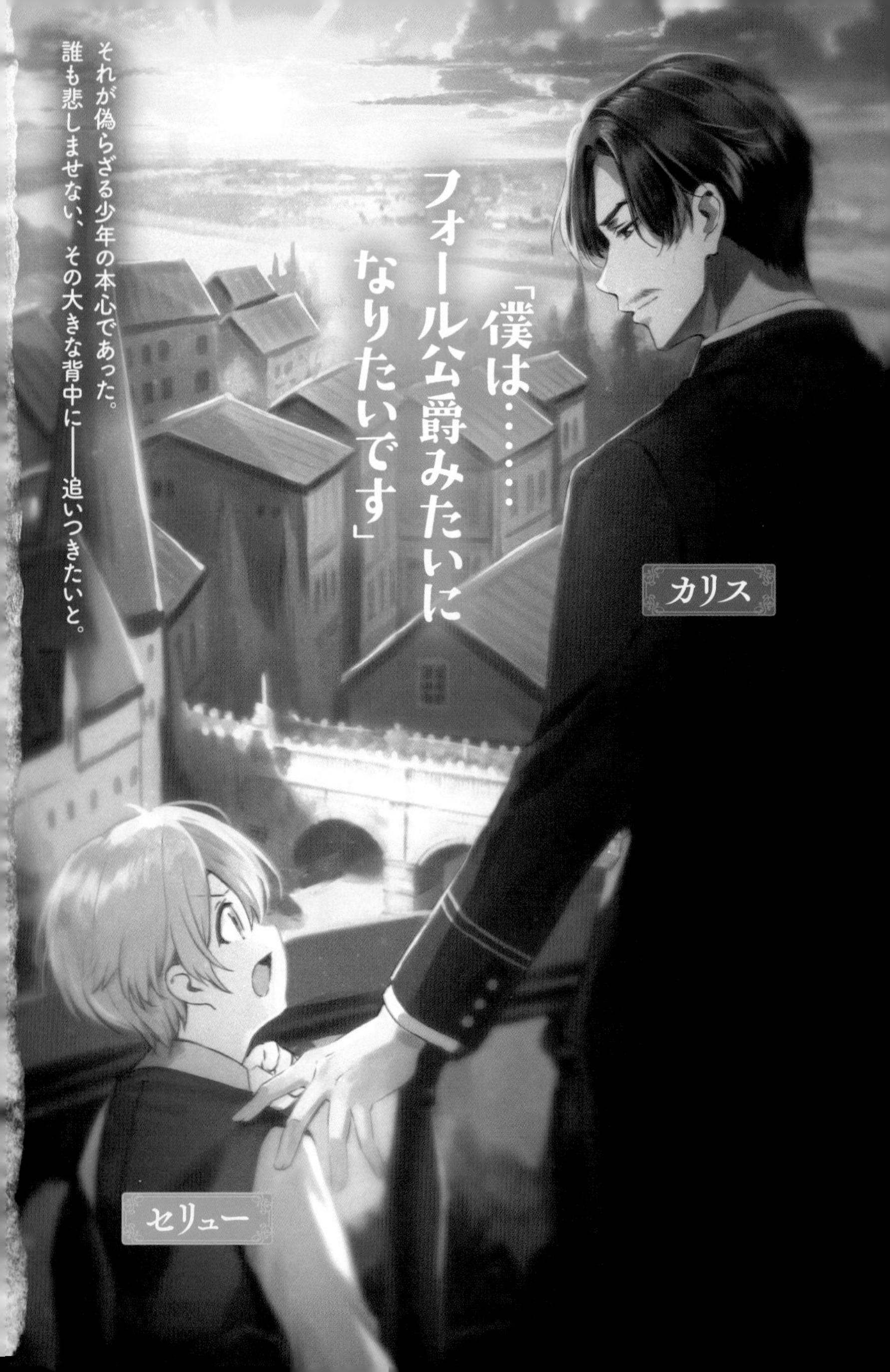
「僕は……
フォール公爵みたいに
なりたいです」
それが偽らざる少年の本心であった。
誰も悲しませない、その大きな背中に――追いつきたいと。
カリス
セリュー

悪役令嬢の父親に転生したので、妻と娘を溺愛します 2

akuyakureijo no chichioya ni tensei shitanode tsuma to musume wo dekiai shimasu

yui／サウスのサウス

ill.花染なぎさ

contents

akuyakureijo no chichioya ni
tensei shitanode tsuma to musume wo dekiai shimasu

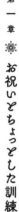

第一章 お祝いとちょっとした訓練

サーシャの出産、ミントとバジルが生まれてから二週間が経《た》とうとしていた。

サーシャも徐々に体調が戻りつつあり、ミントとバジルも元気に育っている。

そんな中で俺は執務室の隣の部屋の惨状《さんじょう》にげんなりしていた。

「ジーク……これはなんだ？」

「もちろん、国王陛下に、王妃様、第二王女のセレナ様、各貴族、そしてカリス様のお知り合いからのミント様とバジル様へのご生誕のお祝いの品です」

「それはわかるが、この量はなんなんだ？」

部屋には山積みにされたプレゼントボックスが沢山ある。

親しい貴族からの贈り物はわからなくないが……こんなに沢山知り合いいたかな？

確かにカリスさんは昔からかなり人脈があるし、俺の人格になってからは更にその人脈が広がったが、しかし誕生祝いを贈ってくるほどの仲の人物がこんなにいたとは。

そんな俺の疑問にジークはため息混じりに答えた。

「カリス様のここ最近の働きぶりからすれば当然かと。ちなみに貴族以外ですと、領地の民からのものも多いですね」

「領地の？」

「ええ、カリス様が支援してる孤児院や、領民が集まってお嬢様とお坊っちゃまのご生誕をお祝いしたいと贈ってきたようですね」

「マジか……」

貴族は想定内だけど、陛下に王妃様、セレナ様からもか。

あと、領民からお祝いされるとは思わなかった。

確かに孤児院へ寄付やら領地の整備やら色々手を出したけど、貴族として当たり前のことだから評価されることではないと思っていた。

まあ、少しは領民から慕《した》われてるってことかな？

それにしても……。

「ジーク、実際のところ人手は足りているのか？」

「どういう意味ですか？」

「侍女《じじょ》や衛兵なんかは増やしたが、執事の増員だけはお前の要望でしなかっただろ？」

屋敷の人間を一新するにあたって、執事の増員だけはジークが頑《かたく》なに拒んだために行われなかった。

ジークとしては、執事は自分一人で足りているというか、執事は自分一人でいいという仕事人ならではのプライドがあるようだが、ここ最近俺が仕事を増やしているので心配なのだ。

まあ、それに……。

「もしもの時に、せめて一人はジークのフォローができる人間がいた方が、効率がいいだろ？」

「確かに、後継者の育成は私も考えてはいましたが……実際問題、素質がある人間がなかなか見つかりませんからね。それにカリス様もあまり執事の増員は乗り気ではなかったようですし」

「まあ、私としても他の男をサーシャやローリエに近付かせたくなかったしな……」

自分の小さな嫉妬《しっと》ではあるが、サーシャやローリエに近寄る男は少ないに越したことはない。

特にサーシャはあんなに美人だからいつ誰に襲われるか不安で不安で……。

現に、この屋敷の衛兵も基本的には奥さん持ちの浮気しなそうな男か、女騎士がメインで構成されているからね。

念には念を入れるべきだしね。

「とにかく、そろそろ執事を最低でも一人は入れたいところだな」

「そうですね……私としては能力があってカリス様が認めた者なら文句はありませんが、それでもあまり半端な者は入れたくありませんね。入れるなら才覚ある者であるべきです」

執事長ジークさんのお眼鏡に適《かな》う人材か……。

そんなレアな人材いるかなぁと、他人事《ひとごと》のように思うのだった。

家族が増えることで、自宅という場所から更に離れたくなくなる俺の心とは裏腹に、貴族というのは忙しいものだ。

贈られてきた誕生祝いの数だけ直《じか》に会ってお礼を言わなければならない。

まあ、とはいえ遠いところや多忙で会えない人も多いが、特に国王陛下からのお祝いを無視することはできずに城へと来た俺は、たまたま通りかかった騎士団の詰め所に知り合いがいるのに気付いた。

向こうも俺に気付いたのかこちらに近寄ってきた。

「これは、フォール公爵。このような場所に何かご用でしょうか？」

「お久しぶりです、グリーズ子爵。訓練中ですか？」

「ええ、フォール公爵もご一緒にどうですか？」

久しぶりに会ったのは騎士団長のグリーズ子爵。

前に会ってからますます体格がよくなったような気がするが、そういえばこの人からも誕生祝いをもらったことを思い出して俺は言った。

「遠慮しておきます。それより、グリーズ子爵。この前は娘と息子の誕生祝いをありがとうございます」

「いえいえ、おめでとうございます。まさか双子とは驚きましたよ」

「私も驚きましたよ。でも双子でもなんでも無事に生まれてきたことが何よりの幸せです」

その言葉に確かにと頷《うなず》いたグリーズ子爵はそこで思い出したように言った。

「そういえば、息子の件ありがとうございました」

「何のことです？」

「以前息子と共に会った時に掛けていただいた言葉のおかげで、私は息子とちゃんと話をすることができました」

息子……ああ、あの赤毛の子供か。

確か転生したばかりの頃に会ったきりだったか？

なんだか弱気そうなその子と、グリーズ子爵にお節介《せっかい》を焼いた記憶はあるが……。

「それはお二人の努力によるものでしょう。私は何もしておりませんよ」

「ご謙遜《けんそん》を。息子もあなたに会ってお礼をしたいと言っておりましたよ。そういえば、誕生祝いを贈ると提案したのも息子なんですよ」

「そうでしたか。なら今度きちんとお礼をさせてください」

「ええ、あ、でしたらこの後何かご予定はありますか？」

「なくはないですが……何か？」

「少しだけ息子の剣術の指南をしていただけませんか？」

その言葉に、俺は思わず顔に出したくなる、『面倒くさい』という気持ちを押し込めてから遠回しに断ることにした。

「それは……どうでしょう。私よりも騎士団長であり、父親でもあるグリーズ子爵の方が適任なのでは？」

「そうしたいのですが……私の剣だけでは息子に教えてあげられることには限界がありまして。早めに私以外の強者《きょうしゃ》を教えておきたいのですよ」

「そうですね……陛下にお会いしたあとでしたら多少はお時間取れますが……」

「でしたらどうかよろしくお願いします」

面倒な……。

でも、断るにもこの人には誕生祝いで世話になったし、仕方ないか。

「わかりました。微力ながらお手伝いします。それでどちらで行うのですか？」

「では訓練用の闘技場で行いましょう」

ん？　今なんて言った？

「もしかして、こちらに息子さんも来ているのですか？」

「ええ。最近になりこちらで他の団員にも稽古《けいこ》をつけてもらっているのです」

「……そうですか」

まだ小さな子供が騎士団に交じって訓練……チートの気配がしなくはないがまあ、俺には関係ないのでいいかと思った。

この厳しい人でも流石《さすが》に虐待《ぎゃくたい》まがいの指導をしてるわけはないだろうと思ったからだ。

❄

どうしてこうなった……。

そんな気持ちでいっぱいだった。

「頑張れー！」

「いけー！　騎士団長！」

「頑張ってー!!　フォール公爵！」

周りから聞こえてくるのは声援。

場所は城の騎士団用の闘技場。

その真ん中で、俺は訓練用の真剣を片手に持っており、目の前には騎士団長であるグリーズ子爵が俺と同じ剣を持って立っている。

周りから聞こえてくる声援を聞きつつ、俺はその元凶をじと目で見ながら言った。

「こんなに観客がいるとは聞いてなかったんですが？　セレナ様」

「あら？　いいではありませんか」

俺の抗議にセレナ様は涼しい顔で答えた。

「次期宰相《さいしょう》の妻としては今のうちにこの国の最大戦力を知っておきたいのですよ」

「だからと言ってこの老体に無理を強《し》いる必要はあったのですか？」

「たまには体を動かしたいでしょ？」

そんな会話をしているが、まあ、要するにだ。

先ほど、国王陛下に謁見《えっけん》した時に、ポロリとそんな会話をしたらどこから聞き付けたのだろう、セレナ様が俺と騎士団長が手合わせをするという事態に差し替えて噂《うわさ》を流したらしい。

グリーズ子爵はグリーズ子爵でそれも面白いと認めてしまい、結果的に俺はグリーズ子爵と戦うハメになった。

「あ、あの……頑張ってください。フォール公爵」

「……ありがとうございます。セリュー様」

そして、セレナ様の隣には当然のようにセリュー様がいた。

陛下と王妃様は忙しいそうで無理だが第二王女と第二王子だけあって目立つ目立つ。

まあ、別に勝つ必要はないからある程度手を抜いても大丈夫かな……なんて少しだけ考えてから、俺はセレナ様やセリュー様から、ローリエやサーシャに伝わることも考えられてため息をつく。

正直現役の騎士団長相手にどこまで粘れるかわからないけど、勝つつもりでやるしかないか。

そう、俺は諦めることにした。

せめて真剣ではなくて木刀なら気楽にいけるのになぁ……。

「では、構えて」

そんなことを考えていたら、審判の騎士が俺とグリーズ子爵にそう言う。

その言葉に互いに剣を構えてから視線を鋭くする。

一瞬にも思える時間互いを見つめてから――審判の合図でスタートする。

「――はじめ！」

「ふっ！」

その合図と同時に飛び出したのはグリーズ子爵。

とんでもない速さでこちらに突っ込んできた。

俺はそれをすんででかわすと下段からグリーズ子爵に斬り込む。

しかし、それを読んでいたかのようにグリーズ子爵は避《よ》けるとそのまま足払いをする。

「くっ……！」

なんとかそれを避けてから俺は距離をとって出方を窺《うかが》おうとするが、それを許さないように追撃してくるグリーズ子爵。

右、左、右、左、上、下、上、上、下、まさしく縦横無尽《じゅうおうむじん》に攻撃してくる。

それをなんとか捌《さば》きながら俺は体が徐々に思い出すのを感じる。

そうか……どうやら随分鈍《ずいぶんなま》っていたようだ。

「はぁ！」

決定的な上段からの斬撃《ざんげき》、避けられないそれを俺は正面から受け止める。

「なに……？」

決まったと思っていたグリーズ子爵がそれに目を丸くする。

俺は思わずそれに笑みを浮かべながら言った。

「すみません、スロースタートで。ここから本気でいきます……！」

キン！　と、剣を弾いてから俺は視線を鋭くして殺すつもりで斬り込む。

その意志が伝わったのか、グリーズ子爵は笑顔で答えた。

「上等！　それでこそ《剣鬼《けんき》》だ！」

キンキンキンと、金属が激しくぶつかる音がする。

お互い本気で剣を振っているから風切り音もする。

観客はその光景に目を丸くしているが、そんなことを気にせず俺とグリーズ子爵は互いに本気で殺しにかかる。

バトルオタクの素質はないはずなのになぁ。

何回、何十回、何百回打ち合っただろう。

時には避けて、時には剣以外も使って文字通り死闘を繰り広げて、互いに互いしか見ていなかった。

サーシャやローリエ、ミントやバジルには見せられない光景だなと思いつつ、鍔迫《つばぜ》り合《あ》

いをしていると、グリーズ子爵が笑いながら言った。

「見事です《剣鬼》！　引退したとは思えないほどの力量です！」

「騎士団長に褒められるとは嬉しい限りです」

ギリギリ！　と互いの力で剣が軋《きし》む。

おそらく俺とグリーズ子爵の力にこの剣が悲鳴をあげているのだろう。

安物の訓練剣だから仕方ないが、それを忘れて打ち合う。

何度も何度も何度も。

……が、やがて限界がきたのだろう。

そのことを忘れて打ち合う何度目かの斬撃に剣は明確な形で悲鳴をあげて刃先が割れた。

バキン！　といい音がして互いに互いの喉元《のどもと》に半分になった剣を突きつけた状態で静止する。

「ここまで——かな？」

「ですね」

そうお互いに息を吐いて剣を納める。

と、この光景に見惚《みと》れていた審判は慌てたように言った。

「そ、そこまで！　引き分けです！」

その言葉に会場は盛り上がる。

今さらながらやりすぎたことを反省しつつ、俺はため息をつくのだった。

❋

「すごい……」

闘技場の近くでその光景を見ていたセリューは思わずそう呟《つぶや》く。

目の前では戦いを終えたカリスと騎士団長の二人が汗ひとつかかずに立っていた。

圧倒的高レベルの戦い。

最後武器が壊れなければ果たしていつ勝敗がついたかわからないような戦いだった。

その光景に騎士団メンバーは奮《ふる》い立《た》ち、ある貴族は畏怖《いふ》を抱き、城に仕える使用人は皆圧倒されるなかで、セリューの心にはただただ強い憧れの念しかなかった。

いや、きっと憧れだけではないのだろう。

歓喜、畏怖、崇拝、どんな言葉が当てはまるかわからないような強い気持ちだ。

「僕もあんな風になれるのかな……」

「そう思うならあなたなりに頑張りなさい」

「姉さん……」

隣の姉に視線を向けると、セレナはどこか面白いものを見たような表情を浮かべながら言った。

「まさか引退してこれだけの力を持ってるなんて思わなかったけど……それでも、あなたも彼に憧れるならそれなりに努力なさい、あなたは次期国王なんだから」

「努力……」

「そう、色々と勉強して、体を鍛えて、人脈を作って、心を鍛えて、そして大切なものを見つけること」

「大切なもの？」

「フォール公爵にとっては奥さんやローリエさん、まあ家族がフォール公爵の大切なものなのでしょう」

その言葉にセリューはますます尊敬の念が強くなる。

家族のためにこれだけ戦えるということに驚きと同時に芽生える気持ち。

「僕は……あの人みたいになれるかな？」

「全く同じにはなれないわね。でも、限りなく近付くことはできる。もしできないなら、その有りようだけでも真似ることね」

「有りよう……」

「そう、簡単に言えばあなたなりに彼の良いところを学べばいいのよ」

「僕なりに……良いところを学ぶ……」

「そう、ご覧なさい。あそこにもあなたと同じように衝撃を受けている子がいるわよ」

その言葉に視線を向けると、騎士団長側の方に自分と同い年くらいの赤毛の少年がいることに気がつく。

彼もまたセリューと同様に目の前の人物に憧れの視線を向けていた。

いや、きっと、彼がその視線を向けているのは騎士団長なのだろう。

そして自分はカリスに向けているとわかり、なんとなく親近感が湧いた。

「姉さん……僕、頑張る。頑張ってあの人みたいになって、この国の人を幸せにしてみせる」

「そう、頑張りなさい。私も私なりに頑張るから」

「うん！」

そうして少年達は歩き出す。

目標は遥《はる》かに高く険しい道のりだがそれでも今度は決して折れないだろうと思う。

憧憬《しょうけい》——憧れの心がある限り少年は真っ直ぐ前を向いて歩いていける。

そんな彼を微笑《ほほえ》ましく見守るセレナもまた、弟のこの変化に心からカリスにお礼を言うのだった。

❋

「サーシャ、少しは機嫌直ったかな？」

俺は現在サーシャに膝枕をしている。

とはいえ、これは俺を反省させるためにサーシャが強いてきた罰《ばつ》なのだ。

理由は俺が騎士団長と真剣で戦ったことが大きなものだが、まあ、危ないことはしないと言ったのに、守れなかった俺に可愛《かわい》らしくもサーシャは、膝枕という要求をしてきたのでで甘んじて受けているのだ。

現に膝の上のサーシャは珍しく頬《ほお》を膨らませて、可愛らしく怒ってますよーという雰囲気を出していて、その表情がまた可愛いのだが……それを口にする前にサーシャは言った。

「別に怒ってません……ただ、旦那様がまた無茶をしたことに少しだけ思うところがあるだけです」

「そうか……」

それを怒ってると言うのだけど、流石にそれを口にするほど野暮《やぼ》ではないので俺はサーシャの頭を撫《な》でながら言った。

「悪かったとは思ってるさ。でも、私もフォール公爵家の長《おさ》としてたまには格好いい姿を他所様《よそさま》に見せる必要があったんだ」

「……旦那様はいつも格好いいです」

ぷくーっと頬を膨らませながらそんなことを言うサーシャ。

怒りのパワーなのかそんな台詞《せりふ》を無自覚に言うサーシャに俺の内心はかなり荒ぶるがなんとか抑えて平静を装って言った。

「ありがとう。サーシャの前では私は素直になりすぎるからそう言ってくれるのは嬉しいよ」

「素直……ですか？」

「ああ。サーシャの前では私は余計なことを考えずに済む。好きな人には自分のすべてを見せたいというのが本音だからね」

まあ、もっともこの激しいラブパワーをそのままサーシャに流したら大変なことになるのでセーブはしているけどね。

いや、だってこんなカオスな中身をサーシャにそのまま見せるとかできないでしょ。うん。

そう言うとサーシャは少しだけ嬉しそうな表情をしながらも頬を膨らませながら言った。

「わ、私もその……旦那様の前では情けないところばかり見せています」

「そんなことはない。むしろサーシャの可愛い表情が見られて私は幸せだよ」

「かわ……」

不意討ち気味の台詞にサーシャは顔を赤くする。

本当にこの子経産婦なのだろうか？

こんなに可愛い子持ちの嫁は世界中探してもいないだろう。

にしても、膝枕というのはやはりいい。

照れてるサーシャが顔を隠す術《すべ》が限られるのでこうして照れる様子をじっくり観察できる。

しかもサーシャの銀髪が凄く柔らかくて気持ちいい。

何度となく撫でてきたがこんなに綺麗《きれい》な銀髪は見たことがない。

ローリエの髪も綺麗だけど、長年の手入れと、ここ一年で俺が開発した美容グッズでサーシャの魅力はさらに上がっている。

やはり素材がいいと磨けば物凄い光を発するので楽しい。

まあ、そうじゃなくてもサーシャとローリエのために何かするのは凄く充実感があるので、やっていて損はない。

しばらくサーシャの可愛い姿を愛《め》でていると、落ち着いた頃にサーシャがぽつりと呟いた。

「旦那様……私は旦那様には傷ついてほしくないのです。旦那様にもしものことがあったらと思うと……」

「ありがとう。サーシャ」

優しいサーシャの言葉に俺は微笑みながら頭を撫でて言った。

「私は幸せ者だよ。可愛い妻と子供達に恵まれて。だからこそ私は私にできることでこの幸せを守ろうと思う」

「旦那様……」

「大丈夫。無理はしない。だからサーシャにお願いがあるんだ」

「お願い？」

「そう、私がサーシャを愛することを許してほしいんだ。サーシャだけを女性として愛することをね」

その言葉にサーシャは顔を真っ赤にしてから、涙目でやがてこくりと頷いた。

「も、もちろんです……」

「ありがとう。サーシャ」

そうしてしばらくサーシャを膝枕して楽しむ反省会。

こんな素敵な反省会なら毎回したいが、サーシャの心に負担を増やすのは嫌なので避けるべきだろうと内心葛藤《かっとう》したことは当然だろう。

第二章 学園と餅

普段の俺の眠りにおいて、夢を見ることはそこまで多くない。

そして、その夢の内容もほぼほぼサーシャとのイチャイチャや、ローリエが甘えてくる様子、そして最近は生まれてきた子供達……ミントとバジルの成長した姿や昼間見た様子を思い出すようなものが多く、正直とても幸せな夢ばかりだ。

愛する家族への想《おも》いが無意識でも出てくるのだから、我ながら凄いものだけど、その日見たのは珍しいことにかつての俺の夢だった。

かつての俺……朧《おぼろげ》気な前世の俺の記憶。

知ってるはずなのに覚えてない記憶だが、不思議と違和感のないその光景は紛《まぎ》れもなく自身の過去であると分かる。

『お兄ちゃん、お兄ちゃん。今度こそ神作見つけたよ！』

無邪気に話しかけてくる妹。

身びいき込みで控えめに言っても、そこそこ美少女な歳《とし》の離れた妹はどっぷりと二次元の世界にハマってオタクになっていた。

特にラノベやゲームが大好きで、気に入った作品は俺にそうして教えてきたりもする。

『こらこら、兄さんは疲れてるんだからもう少し労《いたわ》ってやりなよ』

同じく歳の離れた弟は俺とは似ても似つかないイケメンであった。

スポーツ万能で、サッカー部のエースだとか。

『だからこそよ！　疲れたお兄ちゃんには癒《いや》しが必要なの！』

『いや、ほぼほぼ自分の趣味だよね？　そう言って男同士が愛を囁《ささや》くタイプの作品とかで兄さんを洗脳しようとしてない？』

『そ、そんなことないもん』

目を逸《そ》らして分かりやすく動揺する妹。

そうそう、確かにこんな光景はよく見ていたなぁ。

マイペースな妹と俺を気遣う弟のやり取り。

他にも二人の妹と一人の弟がいたっけ。

色々と面倒な家庭事情というやつで、血の繋《つな》がりのない弟と妹もいたけど、それでもそこそこ幸せだった。

幼い妹と弟を養うために、高校を中退して、知り合いの伝手《つて》で仕事をしまくって、何故《なぜ》か気がついたらパティシエになっていたりもしたけど、それはそれで充実はしていた。

幼い妹と弟の面倒、家事全般、仕事と少しハードすぎるスケジュールではあったけど、失いたくない一心で頑張っていたなぁ。

失いたくない――はて、俺は何故そう思っていたのだろうか。

分からないけど、きっとその頃の俺にも色々と事情があったのかもしれない。

場面が変わり、俺は妹と共にゲームをしていた。

ゲームの名前はよく知っているタイトル。

『純愛姫様～お前とイチャラブ～』

……そうか、俺がこのタイトルを知ってたのは妹の影響だったのか。

『セリュー君がね、超一途《いちず》なの！』

そう力説する妹。

画面では、俺の知っている王子様がヒロインに愛を囁いていた。

とはいえ、俺はこのセリューがあまり好きではなかった。

婚約者がいるのに婚約の解消もせず、まともに婚約者と話し合うこともせずにヒロインを追いかける姿勢に好感を持つのは難しい。

フォローしておくなら、セリューは自身と第一王子とのスペック差に悩み、その悩みから救ってくれたヒロインに心から惚れてしまったので、恋に盲目的《もうもくてき》になっていたのだろうと察することはできた。

しかし、それでも俺の愛娘《まなむすめ》を苦しめているこのセリュー王子を許容はできない。

にしても……あの純朴な少年がどう育ったらこうなるのやら。

本物を見た後だとそんな感想も出てくるけど、俺は次に出てきた悪役令嬢のローリエで全て吹き飛ぶ。

『平民風情が、殿下に馴れ馴れしく話しかけるなど……恥を知りなさい！』

確かに、仮にも一国の王子様に、気軽に『おはよう』と挨拶《あいさつ》するのは良くないと思う。

たとえ学園であろうと、社会に出る前に学ぶためにはそれ相応に気を遣わないとね。

『このようなみっともない物を殿下にお出しするなど不敬の極み。早く処分してください』

手作りのお弁当は確かに好感度高くなりやすいけど、毒を警戒しなければならないし、気軽に王子に渡すのはよろしくないよね。

婚約者を心配するローリエは優しい。

『何故……何故なのですか殿下！　私よりもその娘を選ぶなど……』

婚約をきちんと解消もせずに、話し合いもなしでいきなりヒロインを嫁にするなどと言い出せばこんな言葉も出てくるよね。

……うん、やっぱり改めて思い返してもゲームのローリエには何も非はないような気が

する。

確かに少し言葉遣いはキツイかもしれないけど、それだってセリュー王子を思えばこそ。

だから寄ってたかってローリエを吊《つる》し上《あ》げて断罪するゲームのセリューに腹が立つのは仕方がないと思うんだ。

いや、正直に言おう。

うちの娘に何さらしてくれてんじゃ!!　このボケ王子!!

そんな暴言が出てきそうになるけど夢なので残念ながら発言はできそうになかった。

こうなるのならやっぱりローリエをセリュー様の婚約者にするのは反対だけど、あのセリュー様はまだ子供でこうなる面影がなさそうなのでやっぱりゲームのストーリー上での問題だろうか？

それにしても、やっぱりこのローリエを見ると胸が締め付けられる。

縋《すが》るものを取られまいともがくローリエ。

カリスさんがしっかりしないから娘がこうなってしまったと考えるとよりムカムカしてくる。

俺は俺であり、もはやカリスさんでもある。

俺とカリスさん。

互いに混じりあって俺という俺がいるのだから、全ての責任はローリエを見てやれなかった俺にある。

だからこそこんな未来には絶対にさせない。

俺は必ず、ローリエを、サーシャを、家族を守る。


そんな決意と共に、意識が浮上して、ゆっくりと目を開ける。

見知った天井は間違いなく俺——カリスさんの屋敷の俺の部屋で間違いない。

珍しく昔の夢を見たなぁ……。

わりと前世のことは曖昧《あいまい》な部分もあったけど、懐かしい気持ちにもなる。

「うぅん……おとうしゃまぁ……」

ふと見れば、寝る前はいなかったはずのローリエが布団の中に潜り込んでいた。

「えへへ……おとうさま、だいすきぃ……むにゃむにゃ……」

俺に抱きついてそう寝言を言うローリエ。

そんな娘に癒されつつ、ローリエの頭を撫《な》でて少し考える。

前世の俺についての記憶はかなり欠落しているけど、たとえ思い出そうが大して俺自身に影響がないのは間違いない。

弟や妹のことは多少気になるけど、不思議と不安はなく、きっと俺がいなくても幸せになれていると確信できた。

過去は過去、だからこそ今を生きないとね。

それよりも、ゲーム時代の悪役令嬢のローリエ。

あれを見ると絶対にローリエを悪役令嬢にはしないと決意も新たにできるというもの。

幸い、ローリエがゲーム本編の舞台である学園に通うまでにはまだ時間がある。

なら、俺はその対策をしつつローリエやサーシャ達を愛《め》でればいいか。

よし、ならば……。

❄

「学園ですか？」

「ああ、少し気になることがあってな」

攻略対象で、ローリエの破滅に繋がるセリュー様とは既に知り合えたし、次にやるべきなのは学園の支配……もとい、管理だろうと思い至った。

いや、本当はそんな面倒な真似はしたくないけど、今朝見た前世の夢の中の悪役令嬢のローリエを見てしまうと、対策をもっと頑張ろうと思うのは自然なことだと思う。

「確かにここ最近はあまり良い噂《うわさ》は聞きませんでしたが……今やりますか？」

「当然だ。叩けば埃《ほこり》は沢山出るだろうし、この際徹底的《てっていてき》にやっておく」

色々と後暗いことをしている輩《やから》や、利権関係でのドロドロしたものもあるけど、学園というのは本来は生徒に学びを与えるための場所。

それを正すのは大人の務めだというのが表向きな理由だ。

まあ、それも間違いではないけど、本心はローリエが学園に入った時に、守りやすくするために色々と準備するだけのこと。

愛娘のためにできること全てやる所存だ。

「そうですか……いえ、そうですね。それが良いかもしれませんね。承知しました。では、色々と手は回しておきます」

流石《さすが》は我が家の執事のジークさんだ。

話が早くて助かる。


何事においてもまず大切なのは情報を制すること。

デキる執事のジークと我が家の隠密にかかれば、学園周りを全て把握することなど容易《たやす》い。

その結果よく分かったのは、学園の腐敗が想定よりも酷《ひど》かったということだ。

本来学園は国のもの……というか、国営で、初代国王の頃からの由緒あるものなのだが、現在はその面影がほぼなくなっていた。

何代か前の宰相《さいしょう》がその当時の国王を上手いこと騙《だま》して（あるいは誘導して）学園の経営権を手に入れており、現在はその子孫が取り巻き達と学園という甘い蜜に群がっているようだ。

しかも運営資金や何やらはちゃっかり国から出させているのでタチが悪い。

余程口の上手い詐欺師《さぎし》のような宰相だったのだろうが、その子孫はそうでもないようだ。

ゲチリカ侯爵家。

乙女ゲームの攻略対象で現在はあの王女様に調きょ……ごほん、溺愛《できあい》されているマクベス少年の父、現宰相グリーン公爵の派閥の一人であるゲチリカ侯爵が、今の学園の経営権を握っていた。

国王陛下曰《いわ》く、グリーン公爵は他国と内通しているスパイの疑いがあるらしい。

俺も調べてはいるが、マクベスの件が可愛《かわい》く思えるようなゲスな真似を平然とするのがグリーン公爵という男だ。

その派閥にいる時点でろくでもない奴なのは明白というもの。

グリーン公爵家とゲチリカ侯爵家は古くからの付き合いで、この国を支えてきたと言われているが、実際はこの国を徐々に腐らせてきた原因の一つというのが妥当《だとう》だろう。

そんな彼らが上にいたのでは、学園も腐って当然と言うべきか。

何にせよ、まずは学園の経営権を手に入れることから始めるべきだな。

そう考えると、俺はとりあえず叩いて出てくる埃を集めることにした。

その上で、次世代のために種をまくけど、それが実現するのは少し先なので植え替えが可能な者を見つけることにも尽力する。

とはいえ、俺がやることよりも優秀なうちの部下達に任せる仕事の方が多いのだが、人を使うのが俺の仕事でもあるので気にしない。

まあ、とはいえ必要なら俺自身が出張《でば》らないとね。

❄

僕の名前はライトレイ・ゲチリカ。

ゲチリカ侯爵家の次男だ。

ゲチリカ侯爵家は古くからこの国を支えてきた由緒正しい貴族。

そう……表向きはそうなっている。

実際はグリーン公爵家と共にこの国をダメにしてるというのが僕の私的な考え方だ。

次男という立場で、跡継ぎの長男に万が一があった時の予備として、そこそこの教育を受けており、尚且《なおか》つそんな中で良識的な乳母に育てられたからこその価値観でもあった。

兄はその点不遇であると思う。

価値観が終わってる大人に囲まれて、チヤホヤされてダメに育てられてるのだから、羨《うらや》ましいとは微塵《みじん》も思えなかった。

例えば、この前のことだ。

食事が不味《まず》かったという理由で料理長を鞭打《むちう》ちの刑にしてから、火で炙《あぶ》って死刑にしたということがあった。

それだけなら可愛いもので、場合によっては本人だけでなく家族に手が伸びることもある。

昨年のことだったかな？

とある貧乏男爵家を潰して、男爵は処刑して、妻と娘を弄《もてあそ》んで捨てたということがあった。

男爵の妻と娘を気に入っただけでそんな暴挙に出るのだからおかしいとしか思えない。

気に入らないことがあれば相手が誰だろうと手を尽くして殺す。

欲しいものがあれば、何をしてでも手に入れる。

正直、アホらしいんだけど、それを平然とするのだから恐ろしいことこの上ない。

だからといって、諫《いさ》めることも止めることも僕にはできない。

僕がどんな目にあってもそこまで気にしないと思うけど、仲良しな使用人や乳母を狙われては困る。

だから大人しくスペアとして、あと数年を自室で過ごそうと思っていた。

兄に子供ができて、その子が成長すれば解放されるはず。

その時を待ちながら大人しく目をつけられないようにしていた時に、その人はやって来た。

「坊っちゃま、お客様です」

乳母のネルネが来客を告げる。

僕の元に来る人なんて滅多にいないけど、政略結婚の道具としての価値も期待されてるのかたまに令嬢が来ることもあるので今回もそのパターンだろうと思っていると、現れたのはなんと公爵様。

我が家と親しいグリーン公爵ではなく、この国においてグリーン公爵と唯一対等……いや、それ以上の立場にいてもおかしくないフォール公爵が訪ねてきたのだ。

第一印象は、凄くカッコイイ人だった。

大人の色気に溢《あふ》れていて、紳士的な感じの見た目だけでも好印象を抱いてしまうレベル。でも、騙されない。

この人は騎士団に入ってた頃に《剣鬼《けんき》》という二つ名を持っていた猛者《もさ》である。

噂では、この前武に優れている現在の騎士団長と引き分けたという話もあるし、何よりも最近は良い噂しか聞かないけど、昔はかなり荒《すさ》んでいたということも知っている。

だから警戒していたんだけど……あっさりと僕の警戒を解きほぐして気がつけばお茶を共にしていた。

「良い腕前だね」

「ネルネは万能なので」

乳母のネルネは本当に何でもできる人なので、褒められて嬉しいという気持ちもある。

母親が早くに亡くなって、ネルネに育てられた僕にはネルネが本当の母親にも思えるくらいだ。

まあ、ネルネにそう言うといつも怒られるんだけど。

怒ってても本当は嬉しく思ってくれてるのも分かっているので気にしない。

「なるほど、君の良識的な部分は君自身の気質だけでなく、周りに……特に乳母に恵まれたからだったか」

僕とネルネの様子からそんな言葉を口にするフォール公爵。

「そうですね、僕は幸せ者なのかもしれません。兄に比べれば」

思わず口にしてしまった言葉。

ハッとして口にしてはマズイ言葉にどうしたものかと考え込むと、フォール公爵は気にした様子もなく頷《うなず》いた。

「確かに、君の兄君は周りには恵まれていないようだ。子供のうちの人格形成は大人になってからも大きな影響を与える」

「あ、いや、今のは……」

「無論、今のはここだけの話だ。人払いはしているから安心するといい」

……あの、他人の屋敷で人払いってどうやったんでしょうか？

いや、細かいことは気にしないでおこう。

ネルネを見ると、しっかりと頷いて返されたし、多分この人の言う通りなんだろう。

「さて、ここに来た目的は君に会いに来たからなんだが……一つ尋ねたくてね」

「なんでしょう？」

「家族を蹴落《けお》として、私とこの国を変える気はあるかな？」

一瞬、何を言ってるのか分からなかった。

えっと……。

「それはどういう……」

「単刀直入に言えば、君に次のゲチリカ侯爵になって欲しくてね」

変わらぬ顔でそう言われては流石に理解せざるを得なかった。

つまり、僕がこの家を継げと。

……いや、やっぱり分からない。

「跡継ぎは兄がいます。それに父はまだ現役ですし、僕には勝ち目はないと思いますが」

「継ぐことに関しては嫌ではないんだね」

「仕事に困らないのはいいことですから」

兄にもしものことがあった時のために、そこそこの教育は受けているし、確かにそれが叶えば仲良しな使用人や乳母のネルネを苦労させずに済むかもしれない。

でも、僕一人ではどう足掻《あが》いてもあの父や兄を追い落とすのは難しい。

グリーン公爵という存在が後ろにいるのもハードルが高い原因の一つではあるけど、万が一失敗してネルネ達が殺されたりしたらと考えるとそんな博打《ばくち》には付き合えない。

「なら、継げる状況を作れば乗ってくれるのかな？」

「できるのであれば、断る理由もありませんから」

下手な家に政略結婚の道具として婿入《むこい》りさせられるよりは、慣れた場所で一から頑張る方が僕としては都合がいいとは言えるかもしれない。

うちの評判は最悪だし、面倒事も多いだろうけど、僕の境遇とフォール公爵のバックアップがあればその辺もある程度は緩和《かんわ》される。

まあ、実際のところはネルネや仲良しな使用人達に仕事を与えてもっとお金を渡せるようにしたいだけなんだけど、それは言わないでおく。

「なるほど、よく分かったよ」

しかし、それさえも読んでるような余裕の表情のフォール公爵が気にかかる。

確かにフォール公爵の力は大きいけど、うちやグリーン公爵の派閥もかなりのもの。

それを相手に余裕というのは考えにくいんだけど……まさかね？

「では、早速取り引きに行ってくるとしよう。すぐ済むので少し待っててくれるかな？」

「え？　今からですか？」

「元々その予定でね。君も来るかい？」

行きたいといえば行ってみたいけど……流石に着いていくのは難しい気が。

「やめておきます」

「そうか、では一度失礼するよ」

そう言うと、実にスマートに部屋を出ていくフォール公爵。

僕のいるこの部屋は屋敷の離れの隅っこなので、本邸の父の元まではそこそこの距離があるはず。

少しモヤモヤした気持ちでフォール公爵の帰りを待とうと思っていると、何やら準備をしていたネルネが視界に入った。

「ネルネ、何してるの？」

「公爵様のお手並みを拝見しようかと」

……それはいいけど、その装備はなに？

あと、その僕の部屋にある知らない隠し扉は何？

「坊っちゃまのために備えを怠《おこた》ることはありませんよ。こちらは脱出路です。今回使うのはもう片方の本邸へと繋がる通路ですが」

いつの間にそんなものを……。

「フォール公爵は勝てると思う？」

「さて、どうでしょうね。最悪、坊っちゃまが関与してることを悟られないように暗殺も視野に入れてますが……あの御仁を殺すのは難しいですし、何があってもいいように素早く逃げられるようにはしておきましょう」

「……分かった。じゃあ、僕も連れてってくれる？」

「かしこまりました」

正直、フォール公爵の力がどの程度か分からないけど、頭の悪い人ではないと思う。

そんな人が正面から我が家に訪ねてきて、僕に跡を継げと言ってから父の元に向かった。

何かあるかもと思うのは必然だったし、やっぱり何をするのかは気になるだろう。

そんなことを思いながら、僕はネルネに抱き抱えられて、本邸の父の部屋の近くにまでやってきた。

この部屋はほとんど使われることがなく、人の出入りもほぼないとのこと。

なんだろう、ネルネがそんな情報まで仕入れていたことの方が驚きだよ。

「こちらに隠し穴を作ってあります」

……用意が良すぎない？

ネルネ、まさかこれを想定してたなんてことは……ありそうで怖いなぁ。


「これはこれは、フォール公爵。ようこそおいでくださいました」

久しぶりに見た父はまた一段と丸くなってるように思えた。

まあ、毎日肉や酒ばかりで贅《ぜい》と快楽を貪《むさぼ》ってればそうもなるだろう。

古くからある侯爵家で、資産もかなりあるし、グリーン公爵の派閥関連で色々と便宜《べんぎ》も図ってもらってるからお金には困らない。

だからこそそんな馬鹿みたいな生活ができてしまう。

あとは、学園の経営権を持ってるのも大きい。

それだけで他の貴族も操りやすいし、学園関係で国からお金も取ってるようだし、本当に腐ってると思う。

「些《いささ》か突然ですが、何用で来られたので？」

「ゲチリカ侯爵に少しお話がありましてね」

「話……というと、お宅との婚約についてでしょうか？　息子の側室にフォール公爵の娘を下さるのなら是非もありませんが」

フォール公爵の娘を側室とか、どんだけ見下してるんだか……いや、ナチュラルに分かってなくて言葉を使ってるのかな？

つくづく馬鹿な父親だなぁ……なんて、思っていたら一瞬物凄い悪寒《おかん》がした。

フォール公爵からだ。

変わらぬ表情、変わらぬ座り方なのにまるで空気を支配してるようなそんな感じ。

父も若干顔が青くなった。

分かる、心臓を掴《つか》まれたような恐怖が過《よ》ぎったのだろう。

同情はしないけどね。

「ゲチリカ侯爵は冗談がお上手なようだ。思わず笑いそうになりましたよ」

そう言って、スッと指を動かすフォール公爵。

すると、近くの花瓶が真っ二つに割れて地面に落ちて凄い音がした。

「私は笑うと周囲に迷惑がかかるので、なるべく慎《つつし》んで頂けると助かります」

意訳『次妙なことを言ったら殺す』。

多分間違ってないと思う。

というか、まさかさっきの動きで花瓶を真っ二つにしたの？　化け物過ぎない？

馬鹿な父も流石にヤバいと分かったのか頷いてから黙り込む。

「さて……そろそろですね」

そんなフォール公爵の言葉と共に、執事が来客を告げた。

誰なのだろうかと思っていると、入ってきたのはグリーン公爵と、同じ派閥のマッシュ伯爵、そして何故かセレナ様だった。

「フォール公爵、我々だけでなくセレナ様も招待されたのですか？」

どうやら、彼らを呼んだのはフォール公爵のようだ。

グリーン公爵の言葉から、セレナ様も来ることは知らなかったようだけど、セレナ様は涼しい顔をしてるしこれはお二人は組んでるのだろうか？

「ええ、セレナ様は未来の宰相の妻。このような席にもお早く慣れていただきたいと思いまして」

「勉強させていただきますね」

にっこりと可愛い笑みなのに、僕にはセレナ様のその笑みが怖く思えた。

なんだか真っ黒なものをお腹《なか》に隠してそうなそんな感じに思えてならない。

「さて、まずは集まってくださり感謝の言葉もありません。早速ですがこのように集まって貰ったのは他でもなく、この国の未来を憂《うれ》えたからこそです」

チラリと誰にも気づかれないように一瞬僕に視線を向けるフォール公爵。

いるのがバレてるのはなんとなく分かりきってたけど、それにしても誰にも悟らせないあの視線の動き……やっぱり只者《ただもの》ではなさそうだ。

「ふむ、未来を憂えるとは些か唐突ですな」

グリーン公爵の言葉に父とマッシュ伯爵が頷く。

「単刀直入に言えば、この場にこの国の貴族として相応《ふさわ》しくない者がいるのです」

「それは由々《ゆゆ》しき事態ですね」

相変わらず愛らしい笑顔なのに、やっぱり怖いセレナ様。

前にネルネが『女性には気をつけてください』と言ってた意味が少し分かった気がする。

「穏やかではなさそうな話だが、具体的には？」

「こちらをご覧下さい」

いつの間にか現れたフォール公爵の執事が、何やら紙束をそれぞれに配る。

それを見て、真っ青になる父とマッシュ伯爵。

「ご覧の通り、偉大なる国王陛下から学園を任されたのにもかかわらず、その資金を横領したり、あろうことか一部の平民の生徒を人身売買していた愚か者がいるのです」

その後に続けて、

「もっとも、後者に関しては既に動いて保護しておりますが」

とも言うフォール公爵。

「甘い汁を吸っていた連中も無論、厳しい罰が必要でしょうが、グリーン公爵はどう思われますか？」

「……そうですね、相応しい罰を与えるべきかと」

険しい顔をしてグリーン公爵はそう言うけど、内心はかなり荒れていそうだ。

自派閥のメンバーに愛着があるとかではないだろうけど、単純に無能が減るのが困るのかもしれない。

国を荒らすことがグリーン公爵の目的にはあるようだけど、その辺は僕が知ることがあるかは不明としか言えない。

唯一言えるのは、これを言ったのがフォール公爵だからこそのこの反応だろうということかな。

セレナ様や他の王族の方以外ではこんなことを言っても到底信じられないし、無視するだろうけど、この国において大きな影響力を持つフォール公爵の言葉を無視することはできない。

「待って欲しい！　何かの間違いだ！」

「その通りだ！　フォール公爵はデタラメを吹き込まれている！」

事実だと認める訳にはいかない父とマッシュ伯爵がそう言葉を口にするけど、フォール公爵は「ほぅ」と、笑みを浮かべて言った。

「私が嘘《うそ》をついてると？」

「ち、違う！　だが……」

「この情報の真偽が知りたいようなら、詳しく話しましょう。証人が欲しいのなら今すぐ連れてくることもできますが？」

そう言うと、フォール公爵は詳しく彼らの行ってきた行為を口にしていく。

どれもかなり悪質だけど、全て事実なのだからタチが悪い。

やがて、フォール公爵の言葉に俯《うつむ》くしかできなくなった父とマッシュ伯爵を見て、フォール公爵はセレナ様に視線を向けた。

「セレナ様、このようなことがあった以上、学園も学園を任されていたゲチリカ侯爵もそれ相応に処罰する必要があるかと」

「そのようですね。お父様の名代《みょうだい》として、告げます。ゲチリカ侯爵、並びにマッシュ伯爵。それぞれに罰を与えます。罰の内容は……フォール公爵、あなたに任せます。これは国王陛下からの正式な言葉として理解しなさい」

僕よりもずっと年下の少女が持っていていい風格じゃないような気しかしないけど……ようするに、最初から国王陛下とは話がついていて、全てフォール公爵の掌《てのひら》の上ということかな。

セレナ様は最初から国王陛下の代理として来てくださったのだろう。

それにしても、用意周到だなぁ……うん、絶対に敵に回さないようにしないと。

「本来ならお家取り潰しでも足りませんが、マッシュ伯爵は罰金と宰相補佐の役職の剝奪《はくだつ》で恩赦《おんしゃ》としましょう」

「そ、そんな……」

罰金は国に盗《と》ったお金を返せってことだよね。

お金よりも役職の剝奪の方が大きいなぁ。

マッシュ伯爵は数人いる宰相補佐の一人だったけど、宰相の補佐なら普通の貴族よりも上だったし、名誉を失ったようなもの。

これは堪《こた》えるだろうけど、自業自得としか言えない。

お家取り潰しでなかっただけマシか。

グリーン公爵もそう思ってそうだけど、忌々《いまいま》しそうな顔をしていた。

「次にゲチリカ侯爵。お家取り潰しだけでなく一族郎党死刑も有り得ましたが、罰金と教会送りで手を打ちましょう」

「くっ……！」

「ただし、教会にはゲチリカ侯爵だけでなく妻と跡継ぎも行くこと」

「そ、それでは我が家を誰に継がせるのだ！」

「決まってるでしょう？　次男のライトレイ殿ですよ」

……なんか、本当に僕が継ぐことになりそうなんだけど。

ネルネにどうしようと視線を向けると、うっすらと涙を浮かべて喜んでくれていた。

……まあ、決まったなら仕方ないかな。

「ええい！　そんな横暴許されてたまるものか！　おい！　全員出てこい！　この男を殺すんだ！」

気が狂ったらしい父が、控えている兵にそう命令を出すけど、その言葉に従う者はいなかった。

いや……きっと誰にも聞こえてなかったのかもしれない。

「ど、どういうことだ……？」

「失礼、不審者がいたので来る前に捕縛していたのですよ」

「ま、まさか、我がゲチリカ侯爵家の精鋭をたった一人で……!?」

「予想よりも柔《やわ》くて困りましたが、どうされます？　お一人でも立ち向かってくるならどうぞ遠慮《えんりょ》なく」

「……!?　き、きえぇぇぇぇぇぇぇぇぇい！」

ナイフを持って、最後の抵抗をする父。

フォール公爵のお腹目掛けて突き刺そうとするけど、フォール公爵は避ける素振りもなかった。

ナイフは確かにお腹に命中して……パキンと音を立てて折れた。

「なっ……!?」

「残念、厚着しててね」

……厚着でナイフが折れるとかあるの？

いや、きっと下には鉄でも仕込んでいるのだろうと思ったけど、それにしてはあまりにも軽やかすぎてかなりおかしいと思う。

失意に崩れ落ちる父を見てから、フォール公爵は淡々と事後処理をしていく。

マッシュ伯爵を無力化しなかったのは別の狙いがあるのかもしれないが、グリーン公爵への見せしめとしたのは正解なのかもしれない。

忌々しそうな顔をしていても、武力ではフォール公爵をどうにかするのは難しい。かといって何かしら隙やあるいは冤罪《えんざい》を吹っかけようとも、セレナ様のような存在がバックにいては勝ち目がない。

それぞれの表情で帰っていく面々の中、セレナ様だけは楽しそうな笑みを浮かべながら帰っていった。


後日、父や義理の母、兄達が屋敷を去った。

教会送りというのは、教会の監視下で奉仕労働をすることなのだが、逃げ出せばそれ相応の扱いになるらしい。

父や兄達の恨めしい視線を受けながら見送ると、僕はこの日から正式にゲチリカ侯爵になった。

まだまだ分からないことも多いし、いきなり当主になって困ることも多かったけど、フォール公爵やセレナ様からのフォローで何とかなった。

我が家が持ってた、学園の経営権はフォール公爵に。

罰金を国に払って、学園の経営権をフォール公爵に渡しても僕としてはそこまでの痛手ではないし、相応に人の入れ替えもできて、ネルネや仲良しな使用人達を堂々と雇えるので有難《ありがた》い。

他にも関わっていた貴族はうちと同じような結末になってるらしいけど、敵に回した相手が悪いというか、悪いことしてたから相応の罰が下っただけというのが相応しいかな。

さて、僕の目下の問題は次から次に来る縁談のこと。

若く、付け入りやすく、まだまだ資金が豊富なゲチリカ侯爵に嫁を送り込みたい貴族がいるらしい。

嬉しくないモテ方だけど、この辺はフォール公爵達と相談して決める。

敵にするよりも味方として立ち回った方がどう考えても利口だし、フォール公爵の派閥としていればこれまでよりはずっといいはず。

少なくとも、フォール公爵は悪いことができる人ではないと思う。

僕の知ってる良識的な行動をできるというか、する人なので問題ない。

僕自身、ネルネ達のことや跡を継げたことで頭が上がらない存在だけど、向こうは気にしてる様子もないし、とりあえずは程よい距離で頼らせてもらおう。

それにしても、ネルネ。

熱心に嫁探ししすぎでは？

「坊っちゃまのお子を世話するのも私の務めですので」

孫が欲しいということだろうか？

いいけど、僕よりも熱心にフォール公爵に相談するのはどうなの？

まあ、ネルネの生きてるうちに僕の子供は見せたいとは思うけど……うん、まあ何にしても頑張ろう。

❄

それにしてもジークの行動は迅速だった。

俺も多少動いたとはいえ、あっという間にクリーンな状態で学園の経営権を俺が手に入れる所まで進んだ。

……正直、優秀すぎて怖いけど、このジークの後釜とはハードルが高そうだなぁ。

次代の執事長候補か……もう少し真剣に考える必要があるかもしれないと思いながら俺はバジルを抱っこしていた。

「息子よ、どう思う？」

「あーう？」

「そうだな、うむ、そうしよう」

「カリス様、会話になってませんよ」

母上が不在のときを狙って、こうしてバジルを抱っこしているけど、丁度室内にジーク以外いないので気を遣うことなくバジルと話ができる。

とはいえ、まだまだ赤ちゃんなので会話にはなってないけど表情から読み取れることもある。

ご機嫌な息子にホッコリしていると、水を差すのはやはりジークであった。

「いいんだ。これで」

「いえ、絶対何も伝わっておりませんよ」

「だからいいんだろ？　それにこの子はきっと大物になると俺の勘《かん》は告げている」

ローリエやミントもきっと凄いだろうけど、この子は次代のフォール公爵なので、俺以上になれるだろうと思う。

まあ、本人がそのプレッシャーに負けないか心配にもなるけど、俺としても無理にこの子にフォール公爵家を継いで欲しい訳でもないし、その辺はこの子の意思に任せる。

ローリエとミントもそうだ。

ローリエはこのままだと、本当にセリュー様の婚約者になりかねない情勢にはなってきてるけど、それは本人が望まないなら俺は強要はしない。

ミントだってやりたいことがあるなら応援するし、好きな人ができても……うん、父親としてローリエやミントに好きな人ができたら少し寂しくもあるけど、本当に好き合っているなら応援するよ。

……本当だよ？

「そうですか。では、そろそろお仕事に戻りましょうか」

「……いや、今日の分の書類関連はほとんど終わっただろ？」

「実は今回の件で少しカリス様の確認が必要なものが出てきまして。それにそろそろ大奥様もお戻りになられるかと」

「そうか……仕方ない、分かった」

残念だけど、息子との触れ合いはここまでか。

母上が戻ってくるのならまたバジルを独占するだろうし、タイミングとして丁度いいのかも。

仕方ないけど……。

「じゃあ、その前にミントの様子も見ないとな」

「……お早くお願いします」

そんな焦らなくても俺が仕事を放り出したことがあったか？

全く、信用がないな。

「最近のカリス様は信じても、昔のカリス様の行いは消えませんので」

……それを言われると辛《つら》いところ。

まあ、仕方ないと思いながら俺は執務室に連行されるのであった。

❄

乙女ゲームの舞台である学園。

その正式名称は『アルカンシェル王立学園』。

建国時から存在する由緒ある学園で、初代のこの国の国王陛下が最も力を入れていたとも言われているその場所は、月日を経るごとにその本来の意味を薄めていったらしい。

学園と言いながら、学ぶ場というよりも、その学ぶべき子供達の親などの大人達による派閥争いや利権絡みで暗躍するような貴族までいる始末。

派閥争い自体は悪いとは思わない。

どうしたって人は生きていれば、価値観の合わない者が何人かは存在するもの。

子供のうちからそれらを上手いこと円満に処理しつつ、大人になってからの貴族としての振る舞いを学ぶためにはある程度は必要なのかもしれない。

ただね……同じく入ってきた平民を不当に扱ったり、権力を利用して無理やりに相手を愛妾《あいしょう》にしたり、欲のはけ口に使うのは違うと思う。

子供同士でだけでも頭が痛いのだが、そうした振る舞いを大人もしているのを見ていると更に頭痛が酷くなる。

子供をそういった欲の対象にするだけでも度《ど》し難《がた》いのに、嬉々としてそんなことをする輩がいるという事実。

まずは邪魔な大人達を排除したり、遠ざける所からスタートしたのだけど、それらは俺が直接関わる前にジークや俺の手の者によって消えていく。

国王陛下の協力もあるけど、最も助けになったのがセレナ様と配下の者達なのは皮肉というかなんというか。

うちのジークや精鋭達に負けず劣らずの部下を持つあの王女様はやはり危険なので、なるべく敵対せずに協力しつつ良い感じの距離を保ちたいところ。

朧気な俺の乙女ゲームの知識の埋め合わせにも相性が良いのはあまり良い気はしないけど、それはそれ。

私情を混じえて、最愛の人を守れなかったという結果にはなりたくないし、使えるものは何でも使おう。

そんな訳で、大人の排除と学園の教師に関してはセレナ様の斡旋《あっせん》とうちからの紹介で何とかなった。

残るは生徒達の意識改革だけど……これは時間をかけてやっていくしかない。

反発が少なくすむようにしつつ、生徒自身の自己の向上を促《うなが》すためには何をどうすればいいか。

難しい問題だけど、ローリエが学園に入る前にはこの学園をまともにしないと。

コツコツ頑張ろう。

❄

もうできないと思っていた、私と旦那様の子供。

神様のちょっとしたサプライズで、私達は双子の姉弟《きょうだい》を授けて頂きました。

旦那様と同じ髪色で、私と同じ瞳の色の女の子と、私と同じ髪色と瞳の色の男の子。

次女のミントと、長男のバジルです。

ローリエの時はあまり構ってあげられませんでしたので、今度こそとお世話を積極的にしますが、凄く可愛いです。

「よしよーし、おねえちゃんですよー」

ローリエもよく私の部屋に来て、生まれてきた妹と弟にお姉さんをしています。

この子達もローリエのように優しい子に育ってくれると嬉しいです。

いえ、健康に育ってくれたら言うことはありません。

バジルは長男ということで、フォール公爵家を継ぐことになるかもしれませんが、きっと立派に役目を果たしてくれるでしょう。

お義母《かあ》様もよくこの部屋に来ては、子供達の相手をしてくれます。

特にバジルがお気に入りのようで、バジルもお義母様に抱かれると凄くご機嫌になります。

母親としては少し複雑ですけど、嬉しそうなバジルの様子を見てると悪くありません。

「サーシャ、無理してない？」

「大丈夫です、お義母様」

お義母様がこの屋敷に滞在することが増えて、会話も増えました。

旦那様と同じで、お義母様もとても優しい方なので話していてとても楽しいです。

「まあ、無理してたらカリスが止めてるわね」

「旦那様はお優しいですからね」

「過保護すぎるとも思うけどね」

そんな所も素敵です。

「ふふ、本当にサーシャはカリスのこと愛してるのね」

「そ、それは……勿論《もちろん》です」

少し恥ずかしいですけど、無意識でも出てしまう気持ちなので仕方ありません。

私は旦那様のことを世界一愛してると思います。

「ラブラブで良かったわ。それにしても、カリスったらまた何かしてるみたいね」

「ですね」

旦那様は二人が生まれてから、お仕事が増えたようですがこの部屋には頻繁《ひんぱん》に足を運んでくれています。

お体の方が心配ですが、私が聞くと旦那様は……はぅ……。

す、すみません、思わず甘い言葉と旦那様の瞳を思い出して照れてしまいました。

誤魔化してる訳ではないのでしょうけど、旦那様との時間は凄く早く過ぎてしまうので不思議です。

その旦那様がここ最近何かまた新しいことをしてるのは何となく気がついていましたが、

お義母様もそのことに気がついていたようです。

流石はお義母様です。

「お義母様は何か伺《うかが》ってますか？」

「いいえ、うちの旦那様も知らないようだったわね。ただ、第二王女のセレナ様となにかしてるようなのは間違いないわね」

セレナ様ですか。

私は王妃様に恐れ多くも友人と思っていただけております。

ローリエもセレナ様と仲良しなのはよく聞いてますが、旦那様とも時々何かお仕事の話をされてるようです。

お仕事の話ができるのは、それだけセレナ様が優秀ということなのでしょうが、王妃様に似られたのでしょうか？

陛下とは拝謁《はいえつ》の機会はあってもあまり人柄を知らないのですが、間違いなくセレナ様は王妃様に似ておられます。

顔立ちもそうですが、ローリエから伝え聞く性格なんかは特によく似てます。

ローリエと同年代の子に嫉妬《しっと》するようなことはないと思ったのですが……旦那様と対等に話しているセレナ様を想像すると、やっぱり少し妬《や》いてしまいます。

私ではお役に立てないのは分かっていても、旦那様の一番でありたいと強欲にも私は願ってしまいます。

本当は側《そば》にいられるだけで幸せすぎるのに、最近の私は欲張りです。

でも、そんな罪深い私を許してくれる旦那様。

「あら？　またカリスのことを考えてるわね」

「どど……どうしてそれを……？」

「分かりやすいもの。サーシャはカリスのことを考えるとすぐに可愛くなるから」

「うぅ……すみません……」

「気にしないでいいわよ。それにサーシャがそうして可愛い顔を私に見せてくれると、カリスに自慢できるから嬉しいわ」

ここ最近までは疎遠だったはずなのに、不思議と良い親子仲に少し羨ましくもなります。

私は……いえ、私は望まれてこの世に生を亨《う》けた訳ではありませんし、比べるまでもありませんよね。

「まあ、でも可愛い孫に可愛いお嫁さん……家族が増えて本当に賑《にぎ》やかになったわね」

家族――その中に私も入ってるのでしょうか？

そうだとしたら、ここが……旦那様の側こそが私の本当の居場所なのだとそう思います。

いえ、願望も入ってますね。

私は旦那様の側にずっといたいです。

だから……。

「お義母様。お願いしたいことが」

私は私にできるやり方で……旦那様を支えます。

❋

「お帰りなさいませ、旦那様」

学園の今後について軽くセレナ様と打ち合わせして、やり切った感を出しつつ屋敷に戻ると、サーシャが出迎えてくれた。

「サーシャ、体調は大丈夫なのかい？」

「はい、もう大丈夫です」

知ってても、やっぱり心配になってしまうのは愛情故《ゆえ》なのでご了承願いたい。

それにしても、こうしてサーシャに出迎えて貰えるのは凄く嬉しいなぁ。

ローリエのお出迎えとは違った良さがある。

愛娘か愛妻かの違いだけど、方向性が違う可愛さで凄くほっこりとする。

このお出迎えだけで俺は生きてて良かったとそう感じるのだから我ながらゲンキンなものだ。

「出迎えありがとう。サーシャの顔を見たら凄く安心できたよ」

「そ、それなら良かったです……」

うんうん、その照れ照れな感じが更にいい！

「その服も似合ってるよ。セレナ様のオーダーメイドかな？」

サーシャが今着ているのは、落ち着いた色合いの所謂《いわゆる》オーバサイズなワンピースとその下にワンピースの色合いに合うように穿《は》いてるチェックのスカート。

前世の記憶で、一時期流行《はや》っていたコーデにそっくりだった。

それがサーシャとの親和性が高いのは流石としか言えないけど、これを作ったのがあの王女様だと考えると唸《うな》るしかない。

いや、製作者は気にしない。

サーシャに似合ってるならそれでいいだろう。

「はい、無理を言って用意して貰いました」

元々、お菓子の対価で服に関してはお願いしていたので、無理とかは言ってないと思うけど、サーシャからしたら王女様にお願いして服を作ってもらうのは少し気が引けたのだろう。

いや、純粋に自分の服を作ってもらうのが申し訳なかったのかな。

気にしなくてもいいと思うが、そういう優しい所もサーシャらしくていいね。

「凄くよく似合ってるよ。やっぱりサーシャは大人っぽい服が似合うね」

「ありがとうございます」

うんうん、照れてるサーシャ最高に可愛い。

「出産して体型が崩れてると思ったので、こういう服で助かりました」

……変わったか？

いや、双子を産んでもまるで変化ないと思うけど、まあ、その辺は深くは突っ込まない。

俺としてはどんなサーシャも最高に可愛いと思うけど、サーシャが俺のために綺麗《きれい》になろうとしてるのならそれを受け入れるべきだろう。

だからこそ、俺も更にカッコよくならないと。

サーシャの隣にいて恥ずかしくない男にならないとね。

「それで、可愛い服でお出迎えしてくれたけど……この後に何か素敵なことがあると考えてもいいのかな？」

「素敵……と言えるかは分かりませんが、私にできることはさせて頂きたいです」

「じゃあ、お願いしようかな」

その言葉でサーシャに眺めの良い部屋に案内されると、お手製のお茶を淹《い》れて貰えた。

「優しい香りだね」

「少し高いのを取り寄せて貰いました。お義母様のお気に入りだそうです」

なるほど、とりあえず後半の情報は気にしない方向でいこう。

それにしても、母上とかなり仲良くなったなぁ。

サーシャを取られないようにもっとサーシャを愛でないとな。

そう思いつつお茶を口にすると、少し気持ちが落ち着く。

「リラックス効果があるそうです。少しでもお気に召して頂けたら嬉しいのですが……」

「うん、美味《おい》しいよ。ありがとう」

「いえ、私にはこれくらいしかできませんから」

「むしろ、サーシャだからこそできることだから私は嬉しいよ」

サーシャに出迎えられて、お手製のお茶で癒される……これこそサーシャにしかできないことだろう。

それにしても……。

「疲れてるように見えたのかな？」

「えっと……少し」

ふむ、これは俺が裏であれこれしてるのに勘づかれていたか。

「そっか、心配かけたみたいだね」

「旦那様はいつも頑張ってますから。私も旦那様のお役に立ちたくて……ご迷惑だったでしょうか？」

そんな可愛い問いかけに俺はサーシャの手を握ると優しく微笑《ほほえ》んで言った。

「凄く嬉しいよ。ありがとう」

「……!?　は、はぃ……」

まだまだ初《うぶ》な我が嫁。

実に可愛いけど、心配かけたのは反省。

頑張りすぎは良くないね。

でも、サーシャとローリエを守るために妥協《だきょう》はできないし、その辺はもう少し上手くやろう。

その後もサーシャのお茶を楽しんで合間合間のイチャイチャを堪能《たんのう》したけど……なるほど、子供達のことを母上に任せたからこそこうして夫婦の時間になった訳だと後になって気がつく。

親子の時間も大切だけど、新しい家族ができたからこそ夫婦円満でいたいものだ。

まあ、俺がサーシャを愛でるのに妥協はないけど。

存分に可愛さを堪能してイチャイチャして、リフレッシュしておく。

あー、もう、嫁が可愛すぎて最高ですわぁ。

そんな午後の一時であります。

❋

もち米が手に入った。

洋菓子もいいけど和菓子もいいと思っていたところで手に入ったのは幸運だったかもしれない。

米や醤油《しょうゆ》、味噌《みそ》なんかも存在が確認できたけど……それらよりももち米や小豆《あずき》が手に入ったのが大きい。

日本人の本能が和食を求めるのかもしれないけど、俺としては自身のそんな些細《ささい》な食欲よりも、サーシャやローリエが喜ぶものを優先する。

善哉《ぜんざい》やあんみつなんか絶対ローリエやサーシャは喜ぶはず。

そう思って、臼《うす》と杵《きね》を発注するとセレナ様にもち米が手に入ったことがバレたらしい。

今度作れと言われてしまうが……まあ、ローリエやサーシャが満足してからにしてもらおう。

嫁と娘最優先。

「おとうさま、これは？」

丁度本日の勉強が終わったローリエが気になったのか近づいてくる。

その撫でやすい頭を撫でつつ俺は簡単に説明する。

「これでお菓子を作ろうと思ってね」

「おかし……どんなおかし？」

「モチモチした楽しいお菓子……かな？」

説明が下手で大変申し訳ないが、俺はそこまでグルメでもないので上手い言葉が思いつかない。

「もちもち……」

しかし、ローリエはその言葉に興味津々なようでワクワクしていた。

実に好奇心旺盛《おうせい》で可愛い愛娘だ。

「おとうさま、おてつだいしてもいいですか？」

「いいけど、バジルとミントに会いに行かなくていいのかい？」

「あとでいきます」

「そっか、分かったよ」

とはいえ、蒸したもち米はかなり熱いのでそちらを持たせる訳にはいかない。

杵の方は木製とはいえ重いし……どうしたものか。

考えていると、いつの間にかジークがローリエ用と思われる杵を持ってきていた。

「お嬢様、こちらを」

頼んだ覚えはないんだけど……まあ、この万能執事なら念の為頼んでても違和感はない。

「これでつくるの？」

「そうだよ。美味しくなーれってね」

「……いたくない？」

もち米の心配をする優しすぎる娘が可愛すぎる件について。

「大丈夫だよ。そうした方が美味しくなれるからね」

「……わかりました」

少し重たいようで一瞬ふらつきそうになりつつ、蒸したもち米に杵を打ち下ろすローリエ。

圧倒的にパワーが足りないのはご愛嬌《あいきょう》だろう。

何度かペッタンペッタンとつくけど、この餅は俺が全て食べ切ろうと決意する。

サーシャにも分けたいけど……善哉で出してみようかな。

愛娘のついたお餅はサーシャと二人で親の特権として分けたいところ。

「ふぅ……おとうさま、どう？」

「うん、あと少しだよ」

「わかった」

あまり無理はさせたくないけど、頑張るローリエの邪魔をするのも悪い気がする。

いや、無理はさせられないな。


「おいしーく、なーれ。ぺったん、ぺったん」


……ごめん、もう少し見たいと思ってしまった。

可愛い歌を歌って餅をついてる愛娘の勇姿……録画して永久保存したいほどであった。

それにしても、ローリエは歌上手いなぁ。

サーシャもそうだけど、きっと歌手になろうと思えばなれるレベルだと思うんだ。

親の贔屓目《ひいきめ》？

勿論バリバリあるけど、母娘《おやこ》揃《そろ》ってハイスペックなのは間違いないからなぁ。

バジルとミントもサーシャ似ならかなりハイスペックになりそう。

カリスさん似だと……バーサーカー二世になるか？

いや、流石にこのチートな身体能力は遺伝してないと思うけど、我が子が《剣鬼》と呼ばれてる姿を想像すると……何故だろう、複雑なのに誇らしい。

どんなジャンルの道であれ、子供達が望んで進んだのならそれは誇らしいと思います。

甘い親だけど、うちの子は天才だからなぁ。

さて、そろそろいいか。

「ローリエ、お疲れ様」

「ふぅ……おわり？」

「うん、ローリエのお陰で美味しくなったと思うから後でおやつに出すよ」

「えへへ……うん！」

嬉しそうなローリエを微笑ましく見送ってから今度は一転して俺とジークという華のないコンビで餅をつく。

「カリス様、返しをお願いします」

「その配役の意図は？」

「カリス様が加減を間違って臼を壊さないためです」

そんなヘマはしないけど、気になるのはひとつ。

「日頃の恨《うら》みで私の手ごと巻き込んでつくのはなしだぞ」

「……しませんよ」

今の間はなんだ？

「それよりもカリス様。先程の餅は……」

「サーシャにも少し出すけど私が食べる」

「だと思いました」

「愛娘のついてくれた餅だからな」

分かりきった問いに答えると苦笑されたけど、そのタイミングで杵を下ろしてくるのは違うと思う。

避けられるけど、日頃の恨みを晴らそうとする意図を感じなくもない。

「カリス様、逆の立場をお考え下さい」

そう言われて考えると確かに俺も日頃の恨み（主に書類やスケジュール関係）でついうっかりをやってしまいそうだ。

なるほど、これは怖い。

俺とジークだからこそだけど、決して憎んでの行動でないのは断言しておく。

ジークには助けられてるし感謝もしてる。

でも、それはそれとしてやはり書類が毎度多くて思うところがあるのは仕方ないだろう。

ジークはジークで昔のカリスさんと今の俺への不満もあるだろうし仕方ない。

そう、仕方ないんだ。

そうして男同士でついた餅は、確かにそこそこ美味しかったけど愛娘の手製に比べたら天と地ほど差があったのも仕方ないんだ。

やっぱりローリエの手製ってだけで美味しくなるのは魔法だと思う。

これぞファンタジー。


餅を使った善哉はサーシャとローリエに好評だった。

きな粉と砂糖醤油、おはぎも悪くない反応だったけど、ローリエはきな粉が気に入ったようだ。


美味しそうに食べてくれてお父さん嬉しいよ。

バジルとミントにはまだ早いので大きくなったら作ることにしよう。

わらび餅、みたらし団子……和菓子は本当に自由自在だ。

羊羹《ようかん》にいちご大福、どら焼きにせんべいにおかき……作り出すとキリがないけど、ローリエやサーシャのことも考えて出す量と順番は気遣っている。

甘いものを食べすぎるのもよくないしね。

ただ、ローリエのお代わりに屈しそうになるけど。

いや、愛娘の物欲しそうな顔を見るとついつい無制限に与えたくなるのは仕方ないと思うんだ。

まあ、サーシャもいるしきちんと父親としてしっかりするけど、可愛いは正義なのだろうとしみじみ思った。

さて、中々帰らない母上だけど、父上が用事があるとかでもう一度屋敷にやってきた。

緑茶とせんべいを気に入ったようで食べてるけど、不思議と絵になる。

俺も和菓子の似合う男になりたいものだ。

……それは果たしてカッコイイのかは分からないけど。

「父上、お疲れですね」

「かもしれないが、今のお前ほどではないさ」

まあ、俺も日々頑張ってるけど、息子の前でため息をつくようなレベルではないのでセーフ。

「それでどういたしました？」

「近頃、おかしなのが近隣の領地に出没しているらしくてな。その対応と相談だ」

なんでも、地下遺跡なんかで不審者を見かけるらしい。

その地下遺跡は古代文明。

確か、大帝国とか呼ばれるかなり昔この大陸を支配した統一国家の跡地だかで、文化的な価値しかないはずだけど……。

「……何かあると？」

「だとしたら困りものだな」

心底困ったような父上。

地下遺跡は各地にかなりあって、調べ尽くされてるけど財宝なんかが見つかったという話は聞かない。

「念の為注意はしておきます」

「ああ、そうした方がいいだろうな」

乙女ゲームに関係ないといいけど、地下遺跡がキーになることはまずないはず。

セレナ様にも念の為聞くべきか……まあ、今度会ったら聞いてみるとしよう。

「父上、もう一杯如何《いかが》です？」

「ああ、貰おう」

情報は大切だ。

父上を労《ねぎら》いつつ、知りうる情報を聞き出す。

近いうちに領地に行く予定だし、念には念を入れてね。

そうして父上を労っていたら、孫達を楽しんできた母上がやって来たので入れ替わりで俺が娘と息子達に会いにいく。

後ろでイチャイチャする気配と、父上からのヘルプがあったけど、俺は家庭を重んずる男なのでご容赦《ようしゃ》を。

それにしても、まだまだ現役でラブラブな二人を見ていると俺もサーシャとイチャイチャしたくなる。

いつもしてるだろって？

それでも足りないから困りものだ。

愛情に限界はないんだよねー。

まあ、幸せな悩みってやつかな？

何にしても母上がいないタイミングならバジルも抱っこできそうだし楽しみだ。

ミントやローリエも可愛いけど、息子を愛でられるタイミングは特に限られてるからね。

孫の魅力か……我が子でもこれだけ愛おしいんだからきっと孫ができたらそれはそれで酷くなりそう。

ローリエやミントが嫁ぐと考えるとかなり寂しいけど、孫は欲しい。

わがままだけど、まあ、子供達が幸せならそれでいいのさ。

うん、それでいい。

健やかに育って、幸せになって欲しいものだ。

いや、絶対そうなるように育てよう。

サーシャと二人……いや、家族として頑張ろう。

後日、母上とのイチャイチャで更に疲れてそうな父上を発見。

……孫で癒されてくださいとミントを抱かせると少し元気になった。

良かった良かった。

第三章　領地での出来事

本日はローリエを連れて領地に来ていた。

それなりに距離があるのでサーシャは自宅でお留守番だ。

少しだけ拗《す》ねていたけど、帰ってから目一杯愛《め》でることを伝えたら大人しくなった。

領地に行く目的は仕事もそうだが、ミントとバジルの誕生祝いのお礼も兼ねてだ。

まあ、領民からの贈り物にお礼をする領主というのはかなり奇特みたいだが、当たり前のことなので俺はそうする。

目的の場所を何件か回ってから教会に着くと神父のような格好をした男に出迎えられる。

「これはこれはフォール公爵様。よくおいでくださいました」

「お久しぶりです、神父。この前は生誕祝いありがとうございます」

そう言うと孤児院と教会のトップである神父は恭《うやうや》しく頭を下げて言った。

「フォール公爵様には様々なことで助けられております。その感謝を少しでも返したいと子供達から発案したことなのです」

「そうなんですか……子供達は元気ですか？」

「ええ、それはもう。お会いになりますよね？」

「ええ、ローリエも大人の話ばかりではなく子供同士で羽を伸ばしたいでしょうし寄らせてもらいます」

「ではこちらへ」

そう言って案内されたのは教会の隣に建てられた小さな孤児院。

今は丁度読み書きを教わっているのか子供達は室内にいる。

孤児院なのに何故《なぜ》読み書きを教わっているのか……結論から言えば俺が教師を斡旋《あっせん》したからだ。

この先、大人になってから様々な選択肢を用意するために知識というのはあって困らないものだからだ。

「あ、公爵様だ！」

そんなことを考えていると、室内の子供が俺とローリエの存在に気づいたのか集まってくる。

教師はその様子に苦笑しながら俺に頭を下げた。

「お久しぶりです。フォール公爵様」

「授業の邪魔をしたようですまない」

「いいえ、丁度終わりますから大丈夫です」

「そうですか……ローリエ、それなら皆と遊んできなさい」

「いいんですか？」

首を傾《かし》げるローリエに微笑《ほほえ》んで言った。

「怪我《けが》をしない程度なら構わないよ」

「……はい！」

そう言ってからローリエは何人かの女の子と一緒にその場を離れた。

その様子を見ていた神父は微笑ましげに言った。

「相変わらず仲がよろしいですな」

「可愛《かわい》い娘ですから。それで……今は足りないものなどはないですか？」

「毎月の公爵様からの援助だけで十分すぎますので大丈夫です」

「そうですか……何か火急の事態があれば遠慮《えんりょ》なく言ってください」

そう言うと神父はほほっと、笑ってから答えた。

「私達の領地以外ならここまで手厚い援助はありませんからな」

「ならいいのですが。私としても子供達が少しでも幸せになれるようできるだけのことをしたいのですよ」

「そのお言葉だけでも皆嬉しいと思いますよ。ところで……公爵様のところは人手は足りていますか？」

「突然どうされたのですか？」

いきなりの質問に首を傾げると神父は笑いながら言った。

「実は何名か、公爵様の家で将来働きたいという子供がおりましてな。まだ幼いですが、ここで習う基礎的な授業の課程は修了しておりまして、公爵様がもし気に入れば雇っていただきたいのです」

そう言われて少しだけ考える。

この孤児院では読み書きから計算、一般的な常識やマナーなど将来的に必要になる教育を施しているので、確かに労働力としては使える可能性は高いが……。

「ちなみにその子達は今会えますか？」

「ええ、もちろん」

そう言ってから神父は教師に合図を送ると、すぐに四人の子供を連れてきた。

女の子が三人に、男の子が一人。

しかも男の子は両目で色が違う――オッドアイってやつなのかな？

でも、なんだか男の子には見覚えがある気がしなくないが……うん、多分気のせいだろう。

そう思い、俺は四人に話しかけた。

「君達がうちで働きたいと言ってると神父から聞いたが……本当かね？」

「は、はい！　私達、公爵様のお役に立ちたいのです！」

「ふむ……本当にうちでいいのかね？　もっと他にやりたいことがあれば遠慮する必要はないが」

「公爵様は私達に色々良くしてくださいました……なので少しでも恩返しがしたいです！」

なんとも殊勝な心掛けだが、しかしどう見てもまだ十歳くらいの子供なんだよなぁ……

まあ、これも社会勉強として受け入れてあげるべきか。

幸いにも子供達の身辺調査（とはいえほとんど孤児なので限度はあるが）はある程度できる範囲で済んでいるはずだし問題なければ雇うとするか。

俺は子供達に目線をあわせてから緊張してるその子達に優しく聞いた。

「名前を聞いてもいいかな？」

「み、ミリアです！」

「……ユリーです」

「レイナです」

「ミゲルです」

「よし、じゃあミリアとユリー、レイナは侍女《じじょ》としてまず簡単に研修をしてから働いてもらうけど……ミゲル、君は執事見習いとして入ってもらうことになると思うが、問題ないかな？」

そう聞くと全員頷《うなず》いてからミゲルがしっかりとこちらに視線をよこして言った。

「公爵様のお役にたてるならどんなことでもします。お任せください！」

元気があってよろしいが……さて、我が家の執事長のジークのお眼鏡に敵《かな》うかな？

まあ、俺としてはこれだけやる気があるならあとはジークの判断に任せようとは思うが
……しかし、俺は別に感謝されるようなことは何もしていないような気がするんだけどな

あ。

そんなことを思いながら、ローリエが帰ってくるまでその子達と話すのだった。

❄

「おとうさま」

数人の女の子と遊んできて、戻ってきたローリエは少し困ったような顔をしていた。

何かあったのだろうか？

念の為に付けていて、今も尚《なお》隠れている護衛に視線を送ると、ローリエ自身は無事らしい。

ただ、少し……厄介《やっかい》なものが見つかったそうだが。

「何かあったのかい？」

「えっとね……おみみかして」

言われた通りに屈《かが》むと、ローリエは声を落として言った。

「ちかにね、へんなおへやがあったの」

この孤児院の近くには地下遺跡の一つがあったはず。

それのことだろうけど……にしても、ローリエは本当に賢い子だ。

厄介事になりそうだと声を潜めたのもそうだけど、護衛達の報告によると、他の見てしまった子供達にも上手いこと口止めをしたらしい。

あと、小声で囁《ささや》くローリエが可愛い。

そんなことを考えつつ、俺はローリエの言葉に頷いてから頭を撫《な》でた。

「教えてくれてありがとう。ローリエは良い子だなぁ」

「えへへ……ありがとうございます」

うんうん、さてと……どうしたものか。

護衛達の報告では、斥候《せっこう》として何人か侵入を試みたものの、何かしらの仕掛けがあるのか先に進めなかったらしい。

見えない壁があるように、その部屋には入れないらしいけど……とりあえず現物を見てからかな。

念の為、王都の屋敷と領地の屋敷の両方から応援を呼んでおく。

主にローリエの護衛用だけど、先に来たベテランの護衛達にローリエのことを任せて俺は地下遺跡へと向かうのであった。


「ここか？」

「はい、そうです」

地下遺跡には旧カリスさん時代に何度か来たことがあったが、確かにその頃には無かった場所にどこかに通じると思われる入口があった。

まるで闇の中に誘《いざな》われるような暗さはあるけど……如何《いか》にもな怪しさだなぁ。

「ん……入れないと言ってたな？」

「え、ええ。そのはずです」

そう言った護衛の一人が手を伸ばすと弾《はじ》かれるようにその手は止まってしまう。

「つまり……私を呼んでる訳だ」

スッと何も阻《はば》むものがないように俺の手は入口の先へと伸びていく。

「私が様子を見てくる。残りの者は私が戻るのが遅れた場合に備えておいてくれ」

「お一人では危険です」

ごもっとも。

「危険だからこそだ。私一人の方が何かと動きやすい」

「……承知しました。お気をつけて。少しでも危ないようなら逃げてください」

「ああ、そうするさ」

愛する家族のためにも、何がなんでも生還するよ。

そう言い残して俺はその入口の先へと足を踏み入れた。


入口を抜けると、そこは不思議と明るい場所だった。

とりあえずは戻れるか確認するためにもう一度入口に手を伸ばすが……うむ、問題なさそうだ。

一方通行という訳ではなさそうで一安心。

向こうでは俺が消えた後に手だけが飛び出しててホラーな様相になってそうだけど、それはそれ。

何かしらここに入るための条件があるのだろうが、ゲームなんかでお馴染みの試練の門的なものの可能性もあるのかもしれない。

俺が入れたのは転生者だからとか？

あとは人より深い家族への愛しか思いつかないけど、何にしても入れてしまったものは仕方ない。

さてと……。

俺は退路を確認してから部屋を見渡す。

少し広めのその部屋には中央に祭壇《さいだん》のようなものがあった。

壁面には外と同じようなイラストや古代帝国文字が書かれていたけど、外の日常を表してるものとは違い、大帝国の生きた証とでも言えそうな戦いの模様が描かれていた。

統一国家で大陸を支配したんだし、それ相応に血は流れたのだろう。

俺としてはそんなくだらないことを頑張る皇帝の気が知れないけど……敵をつくる前に全て排除はある意味合理的なのかもしれない。

まあ、俺だったならもう少しスマートにやるけど。

ローリエやサーシャのためにも、あまり血なまぐさい手にはなりたくないしね。

ちなみに、書かれている古代帝国文字は現代では使われてないのだけど、公爵家で無駄に真面目だったカリスさんは読めたりする。

ただ、読めてもあまり気持ちの良いものじゃないけど。

戦いの状況や勝った手段、従わせた方法が事細かに書いてあって、どれもこれも胸糞悪《むなくそ》くなりそうな内容ばかり。

特に酷《ひど》いのが、『親子を別れさせて、暴力で言うことを聞かせる』というもの。

それ以上のもあるけど、同様に『妻を人質に夫を奴隷とする』というのもあってなお最悪。

親子を別れさせるとか、妻を人質にとか、人の心ないんとちゃう？

うん、大帝国は滅んで当然だと思ってしまった俺を誰が責められよう。

しかし、壁面を見て気になるワードを発見する。

「帝器？」

武器のようだけど、それで国を滅ぼしたという話まである。

詳細は……うーん、ここには書かれてないいか。

まあ、仕方ない。

壁画は後で専門の人間に任せよう。

さて、じゃあ次は、この部屋の中心にある祭壇を見るべきかな。

「何もありませんように」

そう願ってはみるけど、祭壇の中央には不思議な剣が突き刺さっており、如何にも抜けと言わんばかりであった。

思い切って近づく。

剣まであと数歩。

その距離になって、不意に天井が開き、上から鎧姿《よろいすがた》の武者が舞い降りた。

ギミックに驚く暇もなく、反射的に鎧武者の一撃を避ける。

かなりの速度、かなりの一撃だ。

地面が軽く抉《えぐ》れている。

「守護者といったところかな？」

剣を取らなければ襲ってこないのなら助かるが、生憎《あいにく》と逃がしてくれそうにはなかった。

入口の近くの天井にも似たようなギミックの痕跡があるし、部屋に入った以上は戦えということだろう。

仕方ない。

俺は自分の剣を抜くと、鎧武者に向けて構える。

「悪いが、手早く終わらせる。娘が待ってるのでね」

その言葉と共に、鎧武者が斬りかかってくる。

速いが、見切れない程ではない。

最小限の回避から鎧武者の関節部分の崩せそうな場所に一太刀《ひとたち》。

しかし、その一撃は鎧武者によって防がれた。

防がれたことよりも、あり得ない動きで防がれたことに驚く。

人の体の構造を無視したようなデタラメな動き。

「古代のオーバーテクノロジーってことかな？」

ロボットでも相手にしているみたいだ。

まあ、そもそもが乙女ゲームの世界だし、何があっても不思議じゃないけど。

流石《さすが》にこれは予想外だった。

でも、倒せない相手じゃない。

「人でないなら、加減はなしだ」

カリスさん至上、最速最多の斬撃《ざんげき》。

数多《あまた》の剣術を騎士団時代に見てきたのと、化け物じみた力による賜物《たまもの》。

硬い鎧を貫く力と、それを鎧武者に反撃すら許さずに叩き込む速さ。

一瞬のうちに鎧武者の背後まで移動すると。砕ける剣を見ながら呟《つぶや》く。

「ご苦労様」

剣と共にその力の矛先である鎧武者も砕け散る。

本気を出すと、今のところ耐えられる剣が少ないのがネックかもしれない。

そんなことを思いながら鎧武者が崩れ去るのを眺めるのであった。

「さて、帰るか」

剣も砕けたし、やり切った感が強いので思わずそんなことを言ってしまう。

しかし、まだ祭壇に突き刺さった剣が残っているのでそういう訳にもいかない。

仕方なく、祭壇の剣に近づくと、うっすらと見えてる刀身に文字が浮かぶ。

『遥《はる》か彼方《かなた》。災厄が蘇《よみがえ》る。愛にあふれし者。鍵を持ってゆけ』

……鍵？

何のことかと思っていると、ぴしりと音を立てて祭壇の剣が崩れ落ち、真ん中に小さな鍵だけが残った。

多分、これのことだろうけど、どうしたものか。

災厄が蘇る……厄介事だろうか？

見た感じ、そこそこ上等な質の金属の鍵にみえるけど、砕いて捨てれば厄介事も減るだろうか？

まあ、詳しいことは後で調べればいいか。

サーシャやローリエ、ミントにバジルと俺の家族に害があるなら潰すだけ。

そう思いながら鍵をしまう。その後も軽く室内を見て回ったけど、新しい発見はない。

「さて、帰るか」

長居は無用だろうと俺は部屋の外の地下遺跡に戻るのであった。

外に戻ると不思議なことに入口は消えてしまった。

役目を終えたからだろうか？

忘れ物がないといいけど。

何にしてても残ってても余計な混乱を招きかねないし良いことだ。

全員に今回の件の隠蔽《いんぺい》を徹底しておく。

王都と領地の屋敷からの応援にも詳細は話してないし、そもそも彼らはローリエの護衛が主任務だったので何も問題はない。

「おとうさま」

領地の屋敷に行くと、ローリエが出迎えてくれた。

たった数時間離れていただけでも愛娘《まなむすめ》に会うとホッとする。

「だいじょうぶでしたか？」

「うん、問題はないよ。ただ、今回のことは皆には秘密だよ？」

そう言うと素直に頷くローリエ。

良い子だ。

「でも、おねがいしたいことが……」

「何かな？」

「もうちょっと……ぎゅってしてほしい」

そんな可愛いお願いをする愛娘を微笑ましく思いつつも、ローリエに心配をかけてしまったと反省する。

確かに不安だったな。

この地には知り合いも多くないし、サーシャがいれば良かったけど流石にまだ連れ出す訳にもいかない。

ローリエに心細い思いをさせたことを反省しつつ、その埋め合わせとして軽く二人で時間の許す限り街を見て回ることにした。

にっこにこでご機嫌なローリエが超絶可愛かったです。

サーシャとも今度デートしたいな。

とりあえず今回のことは……伏せつつも注意を促《うなが》しておこう。

他にも危険なギミックが残ってる場所があるかもしれないし、それとなく噂《うわさ》を流せば面倒な輩《やから》も近づきにくいだろう。

そんなつまらない話は勿論《もちろん》ローリエと街を見て回ってから、雇うと決めた四人の子供達を連れて戻る時に考えていたのだけどそれはそれ。

大切な時間に考えることじゃないし、四人への軽い説明と同時進行で問題ないだろう。

子供達を軽んじてるのではなく、順序の問題。

考えることが多すぎて辛《つら》いけど、やっぱりサーシャやローリエの前ではそれらが出てしまう以上に愛おしい気持ちが溢《あふ》れてしまう。

何にしても、まずは帰ってからだな。

そう思いながら俺の膝の上ですやすやと寝息を立てるローリエを微笑ましく見守る今日この頃。

この時間……プライスレス。

❋

「ふむ、合格ですな」

孤児院から連れてきたオッドアイの男の子――ミゲルをジークに会わせるとジークは早々にそう結果を伝えた。

「随分あっさりだが……いいのか？」

あまりにも即決なのでそう聞くとジークは頷いてから答えた。

「私は長年執事という仕事をしてきているので、直感的にわかるのですよ」

「わかる？」

「ええ。才能を持つ者が直感的にわかるのです。ミゲルと申しましたか。彼からは執事に必要な才能を多く持っていると感じるのです」

なんだかよくわからないが、ジークがそう言うならいいのだろう。

俺はミゲルに視線を向けると必要なことを聞くことにした。

「さて、ミゲル。一応執事長のジークの許可も出たので君にはこれから正式に我が家の執事見習いとして働いて貰うが……その前に君には聞かねばならないことがある」

「な、なんでしょう……」

「君は好きな女の子はいるか？」

ポカーンとしてからその言葉に首を傾げるミゲル。

ジークも何を聞いてるのかと呆《あき》れているが、大事なことなので聞いておく。

「どうなのかね？」

「えっと……いるにはいますが……」

「孤児院の子供か？　それとも街の子供。あるいは一緒にこの屋敷にきた三人のうちの誰かか？」

「あ、え、あっと……さ、最後のです」

ふむ、そうなるとミリア、ユリー、レイナの三人か。

元気な印象のミリアに、大人しい印象のユリー、そして大人びたレイナ。

この三人でミゲルがもっとも好意を抱きそうなのは……。

「レイナかな？」

「……!?　な、なんで……」

図星だったらしい。

いかんいかん。あまりにも踏み込みすぎた。

流石にピュアな少年の心をこれ以上かき回すのは気が引けるので、こほんと咳払《せきばら》いをしてから本題にはいる。

「さて、こんなことを聞いたのは単純に君のことを理解するためだ」

「り、理解ですか？」

「そうだ。これから先、共にこの屋敷で過ごすのに一番大切なのは、自分の心の一番を理解することだ」

「一番ですか？」

「そう。これから君は、私に仕える執事になるわけだが、そこで君は例えば主《あるじ》である私の危機と、恋心を抱くレイナの危機のどちらにより敏感《びんかん》に反応するのか」

「それは……」

そこで言《い》い淀《よど》むので俺は苦笑して言った。

「本心を言ってくれて構わないよ」

「公爵様を守りたい気持ちはもちろんありますが……スミマセン。僕はレイナを守りたいです」

その言葉にジークはため息をつくが、俺は頷いてからミゲルの肩に手を置いて言った。

「そう、それでいい。主を守るのは忠義者のすることだが、まずそれ以前に自分の惚れた相手を守れもしないのは我が公爵家の使用人には残念ながら不向きだ」

「公爵様……」

「胸を張りたまえ少年。君は今、主に本心を伝えたんだ。これは大きな一歩だ。なにしろ私は一つ君のことを知ったのだからね」

そう言うとミゲルは何故かキラキラした瞳で俺を見てきた。

何故そんな反応をするのかわからないが、俺はとりあえず呆れるジークに視線を向けた。

「さて、執事長。私はミゲルを執事見習いとして君に預けたいのだが異論はあるかね？」

「先に言質《げんち》を取ってからその発言は卑怯ですよ。カリス様。まあ、私としては仕事に差し障りがない範囲でなら恋愛を黙認いたしましょう」

「あ、ありがとうございます！」

「厳しくいくので、そんな暇があるかはわかりませんがね」

そう言ってから視線を逸《そ》らすジーク。

素直じゃないが、ジークらしいと苦笑しながら俺はミゲルに言った。

「それで？　レイナとは恋仲になれそうなのか？」

「えっと……わかりません」

「そうか、まあこの家は男の使用人は少ないから気長に関係を構築するといいよ。あまり奥手すぎても困るけど、レイナから君に少しでも脈があれば、それを上手く繋《つな》げていくことだ」

「公爵様……」

「カリスと呼んでくれ。これからうちの執事見習いになるのだからね」

「は、はい！　よろしくお願いします、カリス様！」

こうして我が家に執事見習いがやって来たのだった。

まあ、ローリエの破滅フラグには関係ないだろうとこの時の俺は思っていたが、後にこの子が隠しキャラであると判明するのにあまり時間はかからなかった。

「なるほど、それで可愛らしい使用人が増えていたのね」

夕食時、本日の報告をすると母上がそう頷く。

サーシャの容態は徐々に良くなってきており、ここ最近は食堂まで歩いてくることができるようになった。

今も俺の隣に座ってゆっくりと食事をしている。

ちなみに右側がサーシャで、左側にローリエが座っており、その前に父上と母上が座っている。

うん、まあ母上は孫が可愛くてしばらくは領地に戻らないだろうけど父上も予想以上にこちらに滞在しているので俺としてはかなり驚いている。

最近はこうして夕食を共にすることも少なくはなく、当たり前のようにいるので帰ってから多少は静かになるのかと思いながら俺は言った。

「侍女見習いの女の子三人はそのうち、ローリエとミント、バジルのそれぞれに専属の侍女としてつけようかと思ってます」

「……大丈夫なのか？　お前のことだから考えがあるのだろうが……」

「ええ、身元は勿論、人柄に関しても問題ありませんよ」

「ならいいが……」

父上の心配は俺が幼い頃に侍女に襲われたように、子供にも危険がないかという心配だろう。

男の侍従というのはこの世界ではかなり少数だ。

執事を除けば、貴族の子息令嬢に直接男の使用人がつくことはまずない。

文化的なものだけど、男の侍従が貴族の奥方や令嬢に手を出すケースが多かったからそうなったのだろう。

文化なので無視もできるけど、将来を考えるとこのままの方が都合がいい。

何よりも、今の男尊女卑の世の中の、数少ない女性への救済を無為にするのもしのばれる。

変えるにしても徐々にだな。

一応、我が家の使用人は、男も女もほぼ全員相手がいる者を選んでいるが、新しい三人は一部を除きまだのようだ。

バジルに相手が決まってない侍女をつけるのは確かに危険もあるけど、少しでも怪しければ俺は絶対見逃さない。

子供達のことは俺が守る。

「……親の目になったのだな」

俺の様子にそう笑みを漏らす父上。

「父親ですから」

「そうだな。そうなのだな」

どこか嬉しそうな父上だけど、母上はその辺は心配してなさそうだ。

「バジルにつける侍女は私が選んでもいいかしら?」

むしろ、自分も守ると言いたげだ。

母上らしい。

「母上、バジルが大好きなのはわかりますが、過保護すぎですよ」

「あなたにそれは言われたくないわよ。ねぇ、ローリエ」

そうローリエに視線を向けるとローリエはきょとんとしてから笑顔で言った。

「わたしもおとうさまだいすきです！」

「うん、そうか。ありがとうローリエ」

あまり話を聞いてなかったみたいだが嬉しいので頭を撫でる。

「ふふ、仲良しなのは素敵ですが、旦那様。お食事中ですよ」

「すまない、サーシャ。仲間外れにしたわけではないよ」

「もう、旦那様ったら……」

「よしよし」

そう言いつつ撫でると照れつつも嬉しそうにするサーシャ。

一家団欒《いっかだんらん》といえばこうだよね。

「それにしても、バジルは母上と父上に凄くなついてますよね」

「そうかしら？　まあ、きっとサーシャに似たからね。素直になったんだわ」

「そ、そんなことは……」

その理屈だと俺に似てたらそうじゃないと？

地味に傷つくが、俺は父上に視線を向けて言った。

「父上も物凄くなつかれてましたよね？」

「ああ、カリスが小さい頃を思い出すよ」

「そうね……昔はあんなに可愛いかったのにね」

「おや？　今は可愛くないのですか？」

そう聞くと母上は笑いながら言った。

「子供と比べられたくないでしょ？」

「ええ、もちろん。ちなみに父上は私の出産には立ち会えたのですか？」

「……屋敷に戻った時に丁度産声が聞こえてきた」

それは……セーフなのかアウトなのか。

出産という意味では間に合ってないのだろうが、生まれたタイミングというのがまた絶妙だなと思ってると、母上がくすりと笑いながら言った。

「この人ったら大慌てで入ってきて凄く安堵《あんど》した表情をしていたのよ」

「リシャーナ、それは言わない約束だっただろ……」

「あら、いいじゃない。あの時のあなたの顔凄く可愛かったわよ」

母上のペースに巻き込まれて父上が徐々に崩れていく。

なんというか母上の父上に対する可愛がりかたがなんというか俺のサーシャへの態度を少し変えたようなものに見えてくるが……うん、気のせいだろうと見なかったことにして食事を続けるのだった。

❄

新人が入ってから三ヶ月が経過した。

三ヶ月ともなれば仕事にも慣れてくるであろう時期に、俺は孤児院から連れてきた三人の女の子を呼び出していた。

明るい印象の短髪の少女のミリア。

大人しい印象の黒髪のロングのユリー。

そして、執事見習いであるミゲルの想い人、大人びた青い髪の少女のレイナ。

この三人を呼び出した理由はそろそろ時期かと思ったからだ。

父上や母上も名残惜《なごりお》しそうに領地に戻っていったから人手が少しでも欲しい状況なので、俺は三人に向かって言った。

「呼び出してすまない。君達に話があってね」

「えっと……私達何かしましたか？」

不安そうにレイナがそう聞いてくるので俺はそれに笑顔で言った。

「むしろこれから色々頑張ってもらいたくてね」

「……？」

「えっと、それは一体……」

無言で首を傾げるユリーと、純粋に疑問を表情に浮かべるミリア。

その二人を見てから単刀直入に言った。

「結論から言おう。君達には私の子供の専属侍女になってもらいたい」

そう言うと三人は思い思いの表情を浮かべてから先にミリアが嬉しそうに言った。

「本当ですか!?」

「ああ。具体的な配属だが……まず、ミリア。君はローリエの専属侍女だ」

「ローリエ様の……が、頑張ります！」

それに頷いてから俺はユリーを見て言った。

「次にユリーは、長男のバジルの専属侍女だ」

「……頑張ります」

静かにガッツポーズするユリー。

そして最後に俺はレイナを見て言った。

「最後にレイナ、君は次女のミントの専属侍女だ」

「はい。お引き受けします。ただ、一つだけお聞きしてもよろしいでしょうか？」

「なんだ？」

「すでに皆さん専属侍女がいますよね？　そこに私は必要なのでしょうか？」

「ふむ……」

まあ、確かに専属侍女はすでにいるが……。

「不測の事態やこれからのことを考えたら必要なんだよ。特にローリエはもうじき同年代との顔合わせがあるから忙しくなる。ちなみにミントとバジルも人がいなくなる影響で忙しくなるから覚悟はしておいてくれ」

「わかりました」

「それと……この際だから聞いておきたいことがある。もちろん答えたくなければ答えなくても構わない」

そう言うと三人が緊張するのがわかった。俺はそれに苦笑しながら言った。

「そんなに気負わなくてもいいよ。三人は好きな人がいるかどうか聞きたいだけだから」

「好きな人……異性でということですか？」

「ああ。私は仕えてくれている者には聞くことにしているんだ。自分の大切なものが何かというのをね」

侍女になる素質は十分にあるし、内面にも問題がないことははっきりした。

最後のテストとして、俺はこれだけは聞いておく。

セクハラ？　パワハラ？

可愛い子供達に何かあるようでは困る。

聞くべきことは聞かないと。

答えなくても問題ない。

ある程度の様子から察することはできる。

その言葉にまず最初に答えたのはミリアだった。

「私は……その、いません」

「気になる異性も？」

「その、男の子苦手でして」

まさかの弱点。

あれ？　もしかしてローリエの百合《ゆり》ルートを進めてしまったかと思ったが、それは流石に深読みしすぎだと自重する。

「……私もいないです」

ユリーが次にそう答える。

口数があまり多くないから多分真実なのだろう。

そして俺は最後に肝心のレイナに視線を向けることにした。

ミゲルの想い人。

流石にここでミゲルの名前が出てくるほど簡単なことはないだろうと思っていると、レイナは少しだけ恥ずかしそうに答えた。

「その……います」

「え？　本当に!?」

キラキラした瞳を向けるミリアと、恥ずかしそうに頷くレイナ。

やがて俺の前であることを思い出したのかミリアが恥ずかしそうに元の位置に戻ってから俺はレイナに聞いた。

「私が知ってる名前かな？　それとも知らない名前かな？」

「ご存知です……」

「ふむ。同年代かな？」

「はい……」

あれ？　なんかミゲルが条件的にドンピシャなんですけど……気のせいだよね。うん。

「私の知る名前の同年代は一人しかいないが……まさか当たっているかい？」

その言葉にこくりと頷くレイナ。

え？　マジで？

レイナとミゲル両想いじゃん！

いやまだ確定はしていない。

俺はレイナに近づくと耳元でその名を囁いた。

「……ミゲル」

びくっとしてからこくりと頷くレイナ。

確定！　ミゲルさんとレイナさん両想いやんけ！

はー、しっかし凄いな。

こんなベタな展開あるんだなぁ。

そんなことを思いつつ俺はこほんと咳払いしてから言った。

「このことは口外しないので信じて欲しい。話してくれてありがとう」

「はい……」

こうして俺はまた一つ真実を知ってしまった。

子供同士の両想い……ほんわかしながらも密かに応援するのだった。


「新しい侍女ですか?」

ローリエはキョトンとしながら俺の隣のミリアを見ている。

子供の成長は早いもので、我が愛娘は最近凄く饒舌《じょうぜつ》になった。

身長も伸びて親としてはその成長が嬉しくもあり、寂しくもある複雑な気持ちだが娘の成長を素直に喜ぶことにする。

「そう、ローリエの専属侍女になるミリアだ」

「よ、よろしくお願いします!」

「うん、よろしく!」

笑顔でミリアの手を握るローリエ。

なんとも微笑ましい光景だが、ミリアはまだ緊張しているのかぎこちない表情を浮かべていた。

そんなミリアにローリエは優しく言った。

「私、近い歳《とし》の侍女ははじめてなの。仲良くしてほしいな」

「わ、私なんかでよろしいのでしょうか……？」

「うん！　よろしくミリア」

「お嬢様……はい！　こちらこそ全身全霊でお側《そば》に仕えさせていただきます！」

我が娘ながらなんて優しさと口説《くど》き上手さを兼ね備えているんだ。

少しだけこの先の未来が怖くなるが……うん、まあローリエが幸せならいいかと思う。


「おとうさま！」

「おっと、よしよし」

ミリアが退出した後、ローリエは先ほどまでの大人びた様子から一転して甘えん坊になる。

若干滑舌《かつぜつ》も幼くなるのを俺は可愛いと思ってしまい容認しているが……そのうち直す必要があるのかな。

そうなら少しだけ残念だと思っているとローリエは笑顔で言った。

「おとうさま、わたし、おねえさんぽく話せたかな？」

「ああ。凄く良かったよ」

「よかったぁー」

にぱぁと笑うローリエ。

か、可愛《かわ》え！

うちの娘可愛いすぎる！

なんかこのギャップが最近はたまらない。

ミントやバジルという年下の弟妹《ていまい》ができたせいか、最近ローリエはお姉さんぽくなるために口調を大人びてみせたりしているが、俺の前だとこうして砕けるのはやはりいい！

サーシャのギャップもかなりいいがこれはこれでいい。

そのうちこのギャップを他の男に見られると思うと少しだけ思うところがないわけではないが、まあ、ローリエが幸せなら我慢しよう。

「そういえば、おとうさま。わたし今日はもう予定ないんだけど……おとうさまと一緒にいてもいいですか？」

「もちろんだよ」

まあ、俺はやること沢山あるにはあるが……娘からこう言われてしまっては仕方ない。

徹夜でもなんでもして終わらせられる仕事ばかりだし、心配なのはサーシャとミントとバジルの様子だけど……それも、時間作って見に行けばいいかと思い俺はローリエを抱っこして膝に乗せるのだった。

こうしてローリエを抱っこしていられるのもいつまでだろうかと思いつつ俺はこの時間を楽しむのだった。

❋

（これはまた凄いわね……）

心の中で密かに笑うセレナ。

本日はセレナ主催のお茶会なのだが参加しているメンバーに彼女は笑ってしまう。

一人はもちろんセレナの親友であるローリエ。

そしてセレナの弟である第二王子のセリュー。

セレナの婚約者のマクベス。

更に今回はセリューが呼んだゲストの騎士団長の息子のレベン。

一見何の共通点もなさそうなこのメンバーだが、セレナは知っていた。

乙女ゲームの出演メンバーのうちかなりの数が揃《そろ》っていることに。

王子キャラのセリューに、宰相《さいしょう》の息子のマクベス、そして騎士団長の息子のレベン。

更に悪役令嬢であるローリエを含めれば、全員が乙女ゲームのキャラクターであるが
……。

（中身がまるで違うからますますおもしろい）

もはや彼女の知る乙女ゲームのキャラクターに成長するとはとても思えず、そこがまさに彼女の関心になっているのだが、そんなことは知らない攻略対象達は思い思いに話して

いた。

「やっぱり最強なのはフォール公爵ですよ！」

「いやいや、騎士団長である父上が最強ですよ」

「なんでもいいけど……このクッキー美味《うま》い」

「本当ですか？　それお父様が作ったんですよ」

誰が一番強いかという議論で盛り上がる王子のセリューと騎士団長の息子のレベン。

そしてそれらをどうでも良さそうにしながらクッキーを食べる宰相の息子のマクベス。

そしてそのクッキーを持ってきた悪役令嬢のローリエ。

皆キャラが変わり過ぎてて驚くが、これがおおよそ一人の男の手によって変えられた結末だと思うと素直に感心する。

王子のセリューは、本当は兄との能力の差にコンプレックスを持つ影の強い王子のはずが、今はカリスにすっかり心酔している面白王子になってしまっている。

騎士団長の息子のレベンは一見すると俺様キャラだけど、本当は内心ではおっかなびっくりというギャップ系キャラが今では普通に親に憧れる良い子になってしまっている。

宰相の息子のマクベスは父親のせいでチャラチャラしたキャラクターになるはずが、今はわりと賢いセレナの犬的なポジションになっている。

そして、悪役令嬢のローリエ。

一番変わっているであろう彼女は、本来なら親の愛情を知らない可哀想《かわいそう》な高慢ちきキャラなのだが……もはや別人というくらいに可愛い美少女になっている。

しかも王子であるセリューには惚れておらず、父親であるカリスに溺愛《できあい》された結果、極度のファザコンになってしまっているのだ。

（確か、もう一人の攻略対象と、隠しキャラにも手を出したとか……）

手の早いカリスにくすりと笑ってしまう。

これから先、ヒロインが現れたとして果たしてどうなるのか……彼女としては親友のローリエと、弟のセリュー、そして婚約者のマクベスが大丈夫ならどんな展開でも構わないが、それでも楽しみなのは間違いない。

❄

「あーうー」

手を出すとそれを反射的に摑《つか》むミント。

バジルの方はローリエが抱っこしている。

首が据わり、寝返りをうてるようになったので抱っこも前より楽にはなったが、日に日に体重が増えているので、まだまだ幼いローリエには若干きつそうだけど、それでもお姉さん風を吹かせたいローリエの様子を微笑ましく見守りながらミントの相手をする。

ちなみに万が一、ローリエがバジルを落としても大丈夫なように部屋にはクッションを多く置いている。

まあローリエの背丈の高さから落とすだけでもかなりの衝撃にはなってしまうが、いざとなったらカリスさんの神がかった身体能力でキャッチするので多分大丈夫だろう。

「だうー」

「よしよし、ローリエお姉ちゃんですよー」

「あう♪」

何よりこの可愛い光景を止めることが俺にはできなかった。

これはバジルは将来的にシスコンになる可能性高いな。

こんな可愛い姉ならそうなるだろう。うん。

ミントもきっと美人さんになるだろうことは間違いない。

これはバジルがどんな子を嫁に貰うのか楽しみでもある。

婿に行く可能性も否定できないけど……このままバジルが俺の跡を継いでくれそうな気がしなくもない。

まあ、強制はしないけど、バジルは母上と父上がかなりお気に入りだったから公爵家を継いでくれそうな予感はする。

やりたいことができて、どうしてもそちらがいいというならバジルに無理強《むりじ》いはしないけどね。

こっちに構って、みたいな感じでミントがぐずりそうになるので俺はミントに視線を向ける。

「おっと、よしよし」

「うーあー」


「はいはい、お父様ですよー」

「あうー」

その言葉に反応してミントは俺の指を掴むとご機嫌に笑う。

まだまだ子供といってもわりと強い力で指を握るので少しだけ安心してしまう。

ローリエの時はろくに構ってあげられなかったが、俺がカリスさんになったからにはある程度過干渉でいくつもり満々ではある。

だってせっかくの可愛い子供を放置するわけないでしょ。

まあ、もちろんローリエとサーシャのことも忘れるわけない。

むしろ俺としてはもっと皆との時間を取りたいが……仕事はちゃんとしないといけないので仕方ない。

子供や嫁にかまけて仕事を蔑《ないがし》ろにするのは論外だし、逆に仕事にかまけて家族を疎《おろそ》かにするのも許されない。

結局はバランスなのだが、まあ、そこはうまく調整するしかないだろう。

正直もっと俺にできることがあればいいのだが……。

俺には家族のために収入を得ることと、家族と接してあげること、それにこれから先の未来の選択肢を作ることしかできないので、あとは子供達を時に見守り、時に導くだけだろう。

サーシャは俺が守るからいいとして……いずれにしてもこの子達ももちろんローリエにも幸せになって欲しいと心から祈るばかりだ。

第四章 フォール公爵夫妻の夜会

「今年こそ成し遂げる！」

「カリス様。あまり厨房で大声をあげないでください」

意気揚々《いきようよう》と俺がそう言うとすかさずジークにそう注意される。

「だって、久しぶりの大きなイベントだし……」

「だとしても新しく入った使用人や奥様やお嬢様方に見られたら不審に思われますよ？　今のカリス様は皆様の前ではカッコいいイメージなのですから」

「まるで今はダメみたいな言い方だが……」

ある意味事実なので否定はしない。

まあ、流石《さすが》に俺もこんなにノリノリなところを誰かに見られるわけには……あれ？

そういえばいつだったか、鼻歌混じりに調理してるところをセリュー様に見られたようだな。

ある意味手遅れなのかもしれないが、まあ、いいか。うん。

なにしろ……。

「今年こそきちんとサーシャの誕生日を祝えるんだからな」

そう、去年は妊娠中だったので盛大にはできなかったサーシャの誕生日を今年は盛大に祝えるのだ。

こんなに嬉しいことはないと俺は熱を込めて言うが、しかしジークはどこか冷めた様子で言った。

「それは大変おめでたいですが、カリス様……流石にこの歳《とし》で誕生日を盛大に祝われるのはどうなんでしょう？」

「歳っていってもサーシャはまだ若いだろ？」

「それはそうですが……」

何やら渋るように言葉を濁していたジークはやがて決意したのか素直な気持ちを話した。

「カリス様がこの手のイベントを起こすとまた何か別のイベントが並行して起きそうなので私としては不安なのですよ」

「それは私がトラブルメーカーとでも言いたいのか？」

「自覚があるようで何よりです。そういえばミント様、バジル様を奥様が宿したのも確か、お嬢様の誕生日だったと記憶しておりますが？」

そういえばそんなこともあったなぁと思っていると、ジークはため息をついて言った。

「まあ、私としては仕事を疎《おろそ》かにしなければいいのですが、カリス様がまた何かよからぬことを企まないか少し心配なのですよ」

「心外な」

確かにちょこっと出かけてサーシャのプレゼントを調達して来ようかと思ってはいたけど、その程度で何かトラブルを起こすわけないと謎の自信を持っているのが俺だ。

そもそも俺にとってトラブルというのは、何者かがサーシャやローリエ達へと矛を向けなければ起こらない。

自分自身が対象ならある程度対応できるしトラブルにはならないからだ。

「ジークさん、こちらにいましたか」

「む、何か用ですかミゲル」

執事服を着た少年、執事見習いのミゲルは厨房に俺がいるのを確認すると頭を下げてからジークに向かって言った。

「ジークさんに確認して欲しい資料がありまして……もしカリス様のご用があるようでしたら後でも構わないのですが」

「いや、問題ないよ。ジーク、こちらは大丈夫だからミゲルの用件を済ませるといい」

「……わかりました」

そう言ってからジークはため息をついて厨房から出ていく。

ミゲルはもう一度俺に一礼してからその後に続くが……にしても、ミゲルは仕事熱心で助かるねー。

これならガチでジークの後釜として公爵家を支えてくれそうで期待できる。

そう思いながら、このマメさを恋愛にもいかせることを密かに願うのだった。

「ミゲルよ。私はジークに信頼されてないのだろうか？」

馬車の中でそう聞くとミゲルは苦笑しながら言った。

「ジークさんはカリス様のことをとても心配しているのではないでしょうか」

「まあ、それはわかるが……」

「あの……ところで護衛が僕だけって本当に大丈夫なんですか？」

「ん？　まあ、大丈夫だろう。今回は鉱山に行くだけだからね」

そう、今回は領地にある鉱山へと視察の名目で向かっていた。

とはいえ、本当の目的は視察ではなく、サーシャに贈る誕生日プレゼントのための材料集めだ。

フォール公爵家の領地にある鉱山は最近までほとんど手付かずで放置されていたが、父上の代から本格的に鉱物資源の発掘に手を出すようになった。

しかも父上がやり始めてすぐに俺へと公爵家の当主の座を譲ったことにより、実質的にはカリスさんの代から始まったプロジェクトだったりする。

つまり、まだ未発見の鉱物資源が眠ってる可能性も高いし、それ以外でも金やルビーなどの鉱石はそこそこ豊富だったりするだろう。

まあ、俺としてはなるべくいい品で、サーシャのプレゼントを作りたいと思ってやってきただけなので、護衛もお目付け役のミゲルだけしか連れて来なかった。

公爵家の当主としてはあまり褒められた護衛の人数ではないが、まあ普通の賊なら一人で対処できるだろうから問題ないだろう。

いや、うん、マジでカリスさんの身体的スペックは化け物なみですから。

「それより、ちゃんとレイナとの関係を構築できているか？」

「そ、それは、その……仕事が忙しくて時々しか会えないので……レイナも仕事が大変そうですし」

「まあ、雇い主だからあまり私から言える言葉ではないが……そこは頑張って仕事を効率よく終わらせて、時間をつくるべきだろうな」

「はい……でも、どうしてもジークさんみたいに早く終わらせることができなくて。そういえば、カリス様もお仕事早いですよね」

そう言われるがそうかな？　と首を傾《かし》げてから頷《うなず》いて答えた。

「私の場合はやることが明確だから楽なのかな」

「明確ですか？」

「そう、公爵家の当主としてやるべきこと、一人の父親としてやるべきこと、そして、愛する家族のためにやるべきこと。これらがきちんと自分の中で線引きされているからね」

そう言うとミゲルは感心したように頷いてからポツリと言った。

「僕もレイナのために頑張って……」

「気負うことはないよ。でも、その心意気はよし。頑張りたまえ、ミゲルよ」

「はい！」

どう見ても相思相愛なんだから早くくっつけばいいのに。

まあ、ラブコメ的なじれじれした展開は嫌いじゃないが、この子達が幸せになるならどちらでもいいかと思いながら俺はミゲルの相談に乗ってあげるのだった。


鉱山に着くと、相変わらずの旧文明的な作業場に思わず苦笑してしまう。

手作業というのは効率が悪いが、いかんせん、技術も人員も足りないので仕方ない。

一応これでも他の国の知りあいを当たって技術の模倣はしようとしているがなかなか上手くはいかないものだ。

皆技術の提供はやはり渋る。

俺がせめて前の世界の知識でチートできていればもっと楽なのだろうが、お菓子作り以外はからっきしなので仕方ない。

「それにしても……視察でこんなところまで来るのはカリス様くらいのものでしょうね」

「そうか？」

後ろをついてくるミゲルがそんなことを言う。

「前に聞いた話だと、他の貴族の方はあまり領地の細部には関心を示さないことが多いとか。権力や富や名声ばかり求めるのが貴族だと」

「かなり偏見《へんけん》が混じってそうだが……」

「そんな中で、自分の領地にここまでしっかりと向き合うのはカリス様だけだと神父様が」

「あいつか……」

何故《なぜ》か頭の中で、悪い顔をして微笑《ほほえ》む神父の姿が浮かぶが……あの神父貴族嫌いなのか？

しばらくして鉱山の責任者に挨拶《あいさつ》をしてから俺とミゲルは鉱山の作業を体験することにしたのだが……。

「あの……カリス様。その手の鉱石は？」

「ああ、私も知らないものだ……」

開始一発目で早くもおかしな状況になっていた。

俺は近くにいた鉱山の責任者に視線を向けるが、首を横に振るだけだった。

俺の手には先ほど掘り出したホワイトの鉱石があるが、俺は少なくともこの鉱石の名前を知らない。

一応出回っている鉱石の情報は集めるだけ集めていたが、この鉱石の情報は一切なかった。

つまり……。

「カリス様……もしかして、新しい鉱石を発掘したってことですか？」

「そうなるのかな」

「す、凄いですけど……これってとんでもないことなんじゃ」

いや、わかってるよ。

これから加工してみて次第だけど、どう見ても上質なものだし、アクセサリーにするにしてもかなり高値で売れそうなのだ。

でも、それを発見したのが俺というのがまた問題だ。

多分たまたまこの鉱石の近くを掘ったのだろうが、それにしても長年ここで作業をしている人間ではなく、間接的な主導者が見つけたというのは、なんとも言いがたいものがある。

現に鉱山の責任者は他の労働者の職務怠慢《しょくむたいまん》を疑ったのかすぐに連絡を飛ばしてるし。

どちらにしてもこれはヤバいかもしれないな。

いや、プラスに考えるべきか。

「この鉱石の加工に入って貰いたいのだが……可能か？」

「は、はい！　すぐに！」

「それから、今いる人間で動ける者をここに呼んでくれ。どの程度鉱石として採《と》れるか把《は》握《あく》しておきたいからな」

「はい！」

その指示に現場は大きく動く。

しばらくその場で観察していたが、確認しただけでもかなりの数が採掘できそうなので、これからの加工次第だろう。

そうして、一度簡単に加工したものを見せられて、俺は思わずため息をついてしまう。

真っ白、ホワイトな鉱石はその純度を高めて綺麗《きれい》に輝いていた。

まるで昔見た真珠のネックレスのようだ。しかしこれなら……。

「今から言う個数を加工してから、指定の店へと送ってくれ」

「カリス様？　どうなさるのですか？」

「決まってるだろ、プレゼントだよ」

デザインも店へと発注して、それから流通の体制を整えるべきだろうな。

そんな風に忙《せわ》しくも充実させてくれた鉱石のことを俺はこのあと密かに『幸運の鉱石』と呼ぶようになったのだった。

❄

「なぁ……いつもより夜会の招待状多くないか？」

目の前の書類の山に思わずそう聞くとジークはそれに対して淡々と答えた。

「ええ、それはそうでしょうとも。なにせカリス様がご自身の手で未発見の鉱石を発掘したのですからこうなりますよ。ええ」

「ジーク……なんか怒ってる？」

「怒ってなどおりませんが、お目付け役をミゲル一人に任せたことを若干後悔しております」

「ミゲルは悪くはないだろ」

「ええ、ですから呆《あき》れてるんですよ」

ため息をつくジークに俺は「それで……」と言って一つの招待状を指差して言った。

「何故、国王陛下からまで夜会の招待状がくるんだ？」

「きっと、他の貴族からの反発を抑えるためでしょう。カリス様が夜会に出ないことは皆様周知の事実ですから、どうにかしてカリス様との縁を作りたいという方のために陛下が動いた結果でしょう」

「だからって、わざわざパートナー同伴の夜会にする必要あったのか？」

そう言うとジークは呆れ気味に言った。

「おそらく、新しい鉱石の加工品を奥様に着けていただいて皆様に宣伝せよという目的でしょう」

「うちの愛妻を見世物《みせもの》にしろということか」

冗談ではないと鼻で笑うとジークも同感なのか頷いて言った。

「今のカリス様を奥様同伴で外に出すのは危険ですからね」

「それはどういう意味だ？」

「いえ、物陰で奥様を襲うかもしれないので」

しれっとそんなことを言われるが……俺は獣かなんかと勘違いされてないか？

「なんにしても、国王陛下主催の夜会なら断れませんからね……準備するしかありませんね」

「ああ。まったく、私のサーシャを他人に見せねばならないとは貴族とは損だな」

「今さらなことを仰《おっしゃ》いますね。まあ、とにかく私は急ぎ夜会用の衣装の準備をいたします」

「ああ、いや……サーシャの衣装は今回こちらで手配するから大丈夫だ」

そう言うとジークは眉をひそめて聞いてきた。

「カリス様がですか？」

「ああ、知り合いに借りを返してもらういい機会だからな。それに、採寸もすぐに終わるからな」

「わかりました。ではカリス様の衣装のみを準備いたします」

「頼む」

そう言ってからジークは部屋を後にする。

まあ、サーシャを他人に見せるのは少なからずジェラシーがなくはないが、まあこれも貴族の役目と諦めるしかない。

サーシャの体調は幸い安定してるしサーシャには無理をさせるつもりはないので大丈夫だろう。

サーシャが嫌がればこの話は無理をしても断るが……多分久しぶりの夜会はサーシャにとっていい気分転換になるだろうから、なるべく行く方針ではいよう。

子供達は……我が家の全力をもって守るから家のことは皆を信じるしかないだろう。

「夜会ですか？」

お茶を飲みながらサーシャが首を傾げる。それに俺は笑顔で言った。

「ああ、国王陛下主催の夜会なのだが……パートナー同伴でね。サーシャが嫌でなければ一緒に行って欲しいんだ」

「それは構いませんが……私、今着れるドレスが……」

「それは大丈夫。手配するから」

「旦那様がですか？」

不思議そうな表情のサーシャに俺は頷いて言った。

「知り合いにその手のことが得意な人がいてね」

「でしたら、問題はありませんが……」

そこで少しだけ表情が曇《くも》るサーシャ。俺はそれに優しく微笑んで言った。

「何か思うところがあるのかな？」

「いえ、そんなことは……」

しばらく優しくみつめていると、サーシャはポツリと言った。

「あの……夜会は本当に久しぶりで、私大丈夫かなと思いまして……」

「心配なのは夜会そのものかな？　それとも自分が夜会に行くことについてかな？」

「……多分両方です。私、本当は少しだけ楽しみではあるんですが、でも、その……子供を産んでから体型も変わりましたし、その……旦那様に見せて大丈夫かどうかがその……心配でして」

そんなことを言うサーシャ。

け、健気《けなげ》すぎるだろ！

なんだよこんな可愛《かわい》い奥さんと夜会に行けるのかと思うとテンション上がってくるが、俺はサーシャを優しく抱き締めてからゆっくり撫《な》でて言った。

「大丈夫。サーシャはいつでも私にとっては宝石よりも綺麗に見えているから。それに、もしサーシャのことを侮辱《ぶじょく》する者がいれば私がそいつからサーシャを守る。絶対にね」

「旦那様……」

「すまなかったな。サーシャの気持ちをもっとわかるようになりたいのだが……私はまだまだだ」

「そ、そんなことはないです！　むしろ私こそ旦那様のことをもっと知りたい――というか、あの、えっと……」

あわあわするサーシャ。

可愛いすぎる！

やはりサーシャを愛《め》でるのは楽しいと心底思いながら俺はサーシャとの時間を楽しむのだった。

「なるほど……それで私に依頼しに来たのですね」

別室にて、俺は本日ローリエに会いに来ていたセレナ様に事情を話してお願いしていた。

「ローリエさんの衣装よりも奥様に作る機会が多くて喜ばしいのでしょうか？　ローリエさんの依頼もこの前貰いましたが……これは新しいスイーツを所望しても罰はあたりませんね」

こっちも負けず劣らず支援はしてるけど……まあ、突っ込むまい。

お菓子で引き受けてくれるなら安いものだ。

「その辺はご期待に添えるかと」

「期待しておきます。それにしてもローリエさんの服も楽しいですけど、奥様も可愛い系の美人さんで腕がなりますね」

そう言いながら怪しい手つきをするセレナ様。

…………。

「引き受けて頂けるのは嬉しいですが、妻に手を出したら黙っておりませんので」

「ふふ、そんな怖い顔しなくても人妻には手を出しませんよ。それに私にも愛する婚約者がおりますから」

マクベスさん、あんたも大変ねと思いながら俺はため息をついて言った。

「婚約者と円満なのは構いませんが、仕事はきちんと受けてくださいね」

「ええ、もちろん。にしても、こんな幼女に仕事を与えるなんて鬼畜《きちく》ですわね」

「ははは、ただの幼女がチートなみの裁縫《さいほう》スキルを有するのですか」

「ふふふ、どうでしょうね」

互いに笑うが、上辺だけの笑い。

なんとも腹黒同士の会話っぽいが、まあ、自覚はなくはないので否定はしない。

別に俺は腹黒ではないがね。

いやだって、腹黒って本来もっと頭が切れる人にこそ相応《ふさわ》しいでしょうが。

俺はあまり頭の切れはよくないのでおこがましいというかね。うん。

そんな感じでなんとかサーシャの夜会用の衣装は準備が終わって、あとは装飾品の到着と当日を待つだけになったのだった。


「カリス様。少し落ち着かれてはどうですか?」

夜会当日、お茶を飲みながらサーシャの着替えを待っているとジークからそんなことを言われた。

「落ち着くもなにも私はいつも通りだが?」

「いつもより冷静すぎるから怖いのですよ。奥様を見たとたんに豹変《ひょうへん》しそうなので、爆発する前になんとかしてください」

なんとも俺のことをわかってきた執事に俺はため息をついてから言った。

「それより、この後のことは任せるが問題ないな？」

「もちろんでございます」

「なら、ローリエとミント、バジルの警護はきちんとするように。なるべく早く帰ってくるがもしもの時は必ず使いを出すように」

「心得ておりますが……カリス様の心配は杞憂《きゆう》に終わると思いますよ」

ま、俺もわかってはいるが、この機に乗じておいたをしそうな連中には釘を刺してあるし、警備も問題ないとは思うが何事も最悪の想定はするべきだろう。

「では、私は仕事に戻りますが……本当にお供しなくてもよろしいのですか？　せめて、ミゲルだけでもお連れになっては」

「大丈夫だ。ミゲルにもこっちで仕事をしてもらうからな」

せっかくの夜会だ。

なるべく道中は二人きりを楽しみたい。

それにミゲルには少しでも自分の恋を進めて欲しいからね。

野暮《やぼ》はいけないだろう。

「かしこまりました。では私はこれにて……」

そう言ってからジークは部屋を後にする。

静かな静寂《せいじやく》の中でお茶を飲みながら俺はひたすら自分との戦いに身を投じる。

いや、だって、サーシャが着飾るんですよ？

これが落ち着いていられますか！　否《いな》！

「大丈夫。俺は理性的な生き物だ。平常心平常心」

一年半以上その手のことを禁じられると男はどうなるのか……アンサー、ヤバいでーす。

いまだに何もしてない理由は単純にサーシャの体調の問題と、俺の理性的な問題で軽いスキンシップだけにしている。

いや、もちろんスキンシップは大好きだけど、たまにそういう欲求が我慢できなくなりそうになる。

でも、サーシャに無理をして欲しくないので、俺が我慢できるならそれがいいとしてきた結果がこれです。

ま、俺としてはサーシャと一緒にいられれば最悪何もしなくても我慢できるけど、欲というのは一度解放されると抑えがきかなくなるので、やはり何事も我慢は必要なのだろう。

そんなことを考えていると、トントントンというノックと共にサーシャの声が聞こえてきた。

「旦那様、入ります」

「ああ」

ガチャッと開けて最初に目にしたのは……美の化身だった。

青いドレスに身を包んだサーシャ。

その首もとには俺がこないだ発掘してしまった白い鉱石を加工して作った純白のネック

レスを着けていた。

いつも見慣れているはずの銀髪もドレスの色と相まって鮮《あざ》やかに見える。

そしてほんのり化粧をしているサーシャはもはやいつもより大人っぽく見える。

まさしく美の化身としか言いようがなかった。

うん、ぶっちゃけ見惚《みと》れてしまいました。

「あ……どうでしょうか？」

不安そうに聞いてくるサーシャ。

俺はそれに笑顔で答えた。

「とてもよく似合っているよ。流石私のサーシャだ」

「そ、そうですか？」

「えへへ……」と笑うサーシャ。

可愛いすぎるだろ！

なんだよこの可愛いさ！

え、俺この子をエスコートして夜会出なきゃダメなの？

このままベッドに持ち去っちゃダメかな？

なんてことを一瞬本気で考えたが、当然却下した。

連れ込むのは夜会のあとでもいいだろうと、そうなんとか納得させてから俺はサーシャをエスコートして夜会に向かうのだった。

❄

会場に着くと、丁度タイミングが良かったのかそれなりの貴族が集まっており、一斉にこちらに視線が集まった。

隣のサーシャがその視線にたじろぎそうになっていたので、俺は優しくリードするように囁《ささや》いた。

「大丈夫。私がいるからね」

「旦那様……」

その言葉に安心したように笑うサーシャ。

その笑みに見惚れそうになるがなんとか理性を保ってイケメンカリスさんで進むことにする。

何人かと挨拶をするが、なるべくサーシャの負担にならないようにうまく話を切り上げる。

そうしていると、よく知ってる人物を見つけたので声をかけた。

「こんばんは、グリーズ子爵。このような場所でお目にかかるとは思いませんでした」

「これはフォール公爵。こないだは〝訓練〟にお付き合い頂きありがとうございました」

そう笑うのはこないだ熱戦を繰り広げた騎士団長殿。

にしてもこないだのあれを訓練の一言で片付ける度量の広さには驚かされる。

隣にはえらいべっぴんさんがいるが、多分奥さんだろう。

まあ、うちのサーシャほど美人さんではないけどね！

「いえ、いい運動になりましたので」

「いつでも来てくれて構いませんよ。歓迎いたします」

「はは、妻と子供を愛でるのに忙しいので難しいですな」

そう言うとサーシャが少しだけ嬉しそうな表情を浮かべるのがわかった。

グリーズ子爵は俺の言葉に笑ってから隣の美人さんを紹介した。

「紹介いたしましょう。妻のルイサーです」

「いつも旦那がお世話になっております」

「これはどうも。ではこちらも、私の愛妻のサーシャです」

「さ、サーシャ・フォールです」

顔を軽く赤らめつつもそう笑顔で挨拶をするサーシャに内心で悶《もだ》えそうになっていると、
グリーズ子爵夫人のルイサーがサーシャに微笑んで言った。

「サーシャ様はとても旦那様に愛されてるのですね」

「あ、愛され……そ、そうですね」

「えへへ」と笑う我が愛妻サーシャさん。

ぎゃー！　可愛《かわえ》ぇ！！

なんなのこの子は俺を悶死《もんし》させるつもりなの？

そうに違いない可愛い嫁さんだ。

そのサーシャの言葉にルイサーはしばらく呆気《あっけ》にとられてからくすりと笑った。

「羨《うらや》ましいですね。うちの旦那は脳筋なので交換して欲しいくらいです」

「そ、それはダメです！」

「冗談ですよ。こんなんでも私の旦那ですから」

そう言ってサーシャをからかうようにして遊ぶルイサーに俺は少しだけ嫉妬《しっと》したので
サーシャを引き寄せてから微笑んで言った。

「大変仲良くご歓談の中で恐縮なのですが、私は妻を独り占めしたいのでそろそろ返して
もらいますね」

「ひ、独り占め……？」

「ふふふ、もちろんですよ。それにしてもサーシャ様は本当にフォール公爵に愛されてま
すね。良ければ今度遊びに伺《うかが》ってもよろしいでしょうか？」

そう聞かれてサーシャが俺を見たので俺は微笑んで言った。

「サーシャが招きたいと言えばいくらでも。グリーズ子爵とは面識もあるしその奥方は良
識的みたいだからあとは好きにしていい」

「で、でしたら是非いらしてください」

「あら、嬉しいですわ。では息子も連れて遊びに行きますね」

そう言ってから話を切り上げようとするが最後にルイサーは俺を見て言った。

「そうそう、息子がお世話になったと旦那と息子からお聞きしました。そのお礼にも伺いますね」

「特にお礼を言われるようなことはしてませんが、妻に会いにいらしてください」

そんな感じで国王陛下が来るまで貴族共の注目を集めつつ過ごすのだった。

やっぱり着飾ったサーシャが目立つがなんとかそちらに話がいかないように調整した俺は頑張った方だと思う。


「皆、よくぞ集まった。今宵《こよい》は心置きなく楽しむと良い」

そんな国王陛下の言葉で夜会は始まる。

皆思い思いに他の貴族と話す中で、陛下が最初に話しかけたのは俺とサーシャだった。

まあ、爵位的にも今回の趣旨《しゅしてき》的にも正しいのだが。

「よくぞ来たな、フォール公爵と公爵夫人」

「ごきげんよう。フォール公爵、サーシャ」

「陛下、王妃様もご招待ありがとうございます」

「ふむ、貴公はなかなかこの手の事柄には関心が薄いので来ないかと思ったがよくぞ来た」

自分で招待しておいてよく言えるものだが、まあそんなことは言わずに俺は笑顔で言った。

「今宵は、私の愛妻を皆様に自慢しようと参りました」

「ふふ、確かに今日のサーシャ凄く素敵ね」

「あ、ありがとうございます……」

「それが例の鉱石なの？」

そう聞いてくる王妃様に俺は頷いて言った。

「視察の時にたまたま見つけまして。何分鉱石に手を付けたのがかなり最近になってからだったので、こういったことも起こるのでしょう」

その言葉に会場の一部の視線が光ったような気がする。

その貴族達の顔を覚えつつ俺はサーシャを抱き寄せると王妃様に笑いながら言った。

「こうして愛妻が身に着ければそれだけで華やかさが増します。我が妻であるサーシャに似合うこの鉱石を私は本来なら『サーシャ』と名付けたいのですが……」

「そ、それは流石に恥ずかしいので……」

「このように照れてしまうので仕方なく諦めます」

「ふふ、相変わらず仲良しみたいで羨ましいわ」

「ええ、もちろん」

そう言ってから俺は周りに聞こえるくらいの声のトーンで言った。

「何やら私とサーシャが不仲だと勘違いしている方もいるようですが、私とサーシャは今まさに絆を深めている途中。無粋な邪魔が入れば思わず斬ってしまうかもしれませんね」

「まあ、怖い。でしたらサーシャをお茶に誘うときは注意しないといけませんわね」

クスリと笑う王妃様。

やっぱりこの人案外ノリがいいな。

好感が持てる。

もちろん人としてという意味だよ。

女としては絶対に見れないのであしからず。

というか、俺がサーシャ以外を女として見るというのがあり得ないよね。

こんな可愛い嫁がいて他にいくというアホなことは絶対にないだろう。

「時に、フォール公爵。貴公には娘がいるそうだな？」

「ええ、可愛い娘がいます。それに新しく生まれた双子の姉弟《きょうだい》がいますが、それが何か？」

「私の二番目の息子と同じくらいの歳だと聞いたが、どうだ？　機会があれば交流を図るのもいいのではないか？」

……やりやがったなチクショウ！

こんな大勢の前でローリエとセリュー王子の外堀を埋めにかかるとはなんという最悪な展開。

俺はなんとかひきつりそうになる笑みを整えて言った。

「お気持ちは嬉しいですが、私は本人の意思を尊重します。娘は少しばかり人を選ぶところがあります。そこが可愛いのですが、王子との交流が負担になるのは好ましくありません」

「だが、決して悪い話ではなかろう？」

「そういったことは他の貴族の方にでも頼んでみてください。私は何があろうと家族を守るので」

そう言うと陛下は笑ってから言った。

「良いぞ、最近の貴公は面白い。そうでなくてはな」

そう言ってからしばらく陛下と王妃様と話すが、時折ローリエとセリュー様をくっつけようとアピールしてくるうざったい存在にうんざりすることになるのだった。

ちなみにサーシャは隣で王妃様と楽しそうに話していた。

まあ、サーシャが楽しいならこの地獄も耐えられるが……うん、やっぱり俺、この陛下苦手だわと心から思うのだった。

❅

「ふぅ……」

一度休むために外に出ると、珍しく疲れたように一息つくサーシャを見て俺は聞いた。

「大丈夫？　もしかして体調が悪い？」

「あ、大丈夫です。ただ、久しぶりの夜会で少し疲れただけなので。旦那様は大丈夫ですか？」

「私も夜会は疲れるが、サーシャと一緒だから平気だよ」

そう言うとサーシャは嬉しそうに微笑んでから言った。

「私も、こうして旦那様と一緒に夜会に出るのは何年ぶりかわからないので楽しいです。ただ、できれば私は旦那様と二人きりの時間も増やしたいですが……」

「そんな可愛いお願いなら喜んで。ただ子供達の相手もしたいからそこは少しだけ時間をもらうよ」

「はい。旦那様ならそう仰ると思ってました」

そう笑ってから無言で二人で夜空の月を見上げる。

前世の記憶と違う世界でも月が一緒というのはかなりラッキーだろう。

こうして好きな人と一緒に見られるならなおいい。

「サーシャ」

「はい」

「私は幸せ者だ。君のような可愛い妻を持ち、君に似た可愛い子供達に囲まれている。こんな幸せを私はとても嬉しく思う。だからこそ言いたいことがあるんだ」

そう言ってから俺はサーシャを真っ直ぐに見つめて言った。

「サーシャ、左手を出して目を瞑《つぶ》ってくれるか」

いきなりの台詞《せりふ》にサーシャは少しだけ驚いていたが迷わず目を瞑って左手を出してくれた。

白くて華奢《きやしや》で綺麗なその手をゆっくりと触ってから俺は胸元から本日のために拵《こしら》えた、新しく発掘した白い鉱石を加工して作った指輪を取り出し、左手の薬指にはめて言った。

「もう大丈夫だよ」

「はい……あの、旦那様。一体――」

と、そこでサーシャは左手の薬指の指輪を見て驚きの表情を浮かべてから聞いてきた。

「旦那様、これは……」

「結婚記念日というやつだ。サーシャと結婚式をあげたのは丁度今日だったからね」

まあ、その当時のカリスさんはサーシャとの結婚を全く幸せとは思っていなかったが、それでも、今の俺ならこういう些細《ささい》なイベントでも逃さずにやる。

サーシャの誕生日とは別枠で用意した指輪は今日のいつ頃渡そうか悩んだが、夜会の途中がいいと思ったので今渡したのだった。

「本当ならもっと早くにこういったことをしたかったけど、照れくさくてね。それに私がなくしてしまった結婚指輪の代わりとは言わないが、二人でお揃《そろ》いの物を着けたくてね」

旧カリスさんは自分の結婚指輪をなくしてしまったことについて特に何も思わなかったようだ。

……うん、めっちゃ拗《こじ》らせてるよね。

流石にそれはヤバいでしょという気持ちになったし、それに、折角ならサーシャには俺自身で選んだペアリングを着けてもらっていつも一緒だという気持ちを強くしたいのだ。

「無理強《むりじ》いはしないが、受け取って貰えるかな？」

さっきから黙っているサーシャにそう聞くとサーシャは少しだけ涙ぐみながら言った。

「嬉しいです……旦那様に、こんな風に指輪を渡して貰えるなんて、ないって思ってました。本当に夢みたい……」

「夢なら覚めた後にもう一度指輪をはめてあげるよ」

「はい……あの、私からもお願いしてもいいですか？」

「なんでも」

「私にも旦那様に指輪を着けさせてください。旦那様の分も持ってるのですよね？」

「ああ、もちろん」

そう言ってから俺はサーシャに指輪を渡す。

ちなみにこの指輪、ペアリングらしく、二つ組み合わせると白くて綺麗な花びらが完成するのだが、そんなことはサーシャなら気づいていそうなので普通に俺の分をサーシャに渡す。

「では、旦那様。目を瞑ってください」

そう言われて目を瞑って左手を出すと薬指に指輪の感触があり、目をあけると、サーシャが心から嬉しそうに笑って言った。

「旦那様。ありがとうございます。毎日着けます」

「ああ、私もそうするよ。それから……愛してるサーシャ。これからも私の妻でいてくれ」

「はい……」

夜空の月が照らすバルコニーで互いに近づいてキスをする。

そうしてサーシャとの時間を楽しめたので今回の夜会は成功と言えるだろう。

そんな風に思うのだった。

❋

フォール公爵家といえば誰もが知る公爵家の代表格。

その実権は宰相《さいしょう》ですら無視できない大きな存在。

しかも今の代の公爵は戦場で数々の武勲をたてた《剣鬼《けんき》》と呼ばれるほどの剣の腕を持つまさに天才と呼ばれるほど圧倒的な存在だ。

時代が時代なら英雄とさえ呼ばれそうな彼は、しかし何故かその手の実力者にあるような色気のある話は一切なかった。

顔は決して悪くなく、権力があり、力もあるのに婚約者以外の女性と接点を持とうとしなかったことから、様々な憶測が飛び交うが、最終的に彼は婚約者と結婚して家庭を持った。

子供が生まれたのは随分と遅くになってからのこと。

女の子ということで、フォール公爵家と接点を持とうと様々な貴族が夜会や舞踏会の招待状を出すが、しかし一貫して彼は表には出なかった。

国王陛下主催の夜会にも一人で参加しており、仕事に精を出してることから、彼の家庭が荒《すさ》んだものだと誰もが感じていた。

そんなフォール公爵が変わったのはここ最近のことだ。

はじめはこんな噂《うわさ》があった。


『フォール公爵が妻と娘を溺愛《できあい》している』


その噂には様々な憶測が飛び交ったが、それを証明するようにフォール公爵家の環境は激変した。

調べた者によればかなりの数の使用人を入れ換えて、領民とも積極的に関わるようになったそうだ。

しかも、使用人にはただ辞めさせるのではなく、それなりに仕事を斡旋《あっせん》したり、退職金を渡したりして穏便《おんびん》にやったそうだ。

少しだけ黒い噂もあるが、決して不正はしておらず、領地の件に関しては領民からかなり慕われてるそうだ。

ある貴族の証言によれば第二王女のセレナ様の誕生日に娘を愛おしそうに眺めるフォール公爵の姿があったそうだ。

それから間もなく、フォール公爵夫人が新たな命を宿したという。

さらにそこからこれまで閉鎖的だったフォール公爵家は様々な家と交流を持つようになったそうだ。

ただ、決して夫婦で表には出なかったことからやはりデマではないかと疑われていたが、しかしそれはすぐに消えた。

フォール公爵家の領地で新たな鉱石を発見したという情報から国王陛下主催の夜会に参加した者達は、皆ラブラブなフォール公爵とフォール公爵夫人の姿にこう思ったそうだ。

『絶対に、フォール公爵の家族には手を出さないでおこう……消し炭にされたくないなら』

色んな意味で地雷原。

国王相手に社交辞令を交えつつノロケる姿に全員が触らぬ神に祟《たた》りなしと思ったのだろう。

もちろん本人は知るよしもないが、こうしてフォール公爵の正体が《謎》から《溺愛者》にクラスチェンジしたのだった。

第五章 嫁の誕生日～学園祭を添えて～

夜会の翌日。

昨夜はお楽しみでしたね状態で仕事をしつつ左手のペアリングにニヤケているとジークがこほんと咳払《せきばら》いしてから言った。

「カリス様。お仕事中はその顔はやめてください」

「どんな表情でも仕事はしてるだろ？」

「率直に言って、使用人に示しがつきません。私以外の使用人とご家族はカリス様をカッコいいと思ってるのですからイメージを崩してはなりません」

なんだかなぁ。

まあ、イケメンカリスさんというイメージは大切かもしれないが、別に俺はサーシャとローリエ、ミントとバジルにイケメンだと思われればあとはわりとどうでもよかったりするからな。

「それより、例の件はどうなってる？」

「先ほど連絡がありました。少々手間はかかるそうですが、問題ないとのことです」

「そうか……そうなると、あとは私が当日までに完成できるかによるな」

やることはまだまだ山積みだ。

気合いをいれようと思っているとノックとともに声が聞こえてきた。

「カリス様。お嬢様がお見えになったのですが……」

「通してくれ」

「はい」

ノータイムで答えたことにジークが呆《あき》れているが、俺は気にせずに入ってきたローリエに微笑《ほほえ》んで言った。

「どうかしたのかい？」

「あの……お父様」

ジークがいるからかお姉さんっぽくしようと丁寧な口調で話すローリエに微笑んでいると、ローリエはしばらく沈黙してからポツリと言った。

「私もお母様にお誕生日のお祝いをしたいのですが……ダメかな？」

「もちろんいいよ」

その言葉にぱぁっと顔を輝かせるローリエ。

うん、可愛《かわい》い。

そんなローリエに俺は思わず抱きしめようとする心を抑えて聞いた。

「それで、具体的には何かプレゼントしたいものがあるのかい？」

「えっと、それもわからなくて。お父様に相談したかったの」

「そうか……なら、その相談からだな」

立ち上がってローリエに近づいてからジークに言った。

「少し抜ける。あとでやるから他の作業を優先してくれ」

「承知しました」

ため息まじりのジークさんだが、仕事では信頼されているからか特に文句はなかった。

そうしてローリエと場所を移してお茶を淹《い》れると、ローリエは少しだけ不安そうに聞いてきた。

「おとうさま、おしごとだいじょうぶだった？」

俺の前だとやっぱり幼くなるローリエに俺は微笑んで言った。

「もちろんだよ。ローリエは何も心配することはないさ」

ローリエからこうして何かをしたいと自発的に言ってくれるのは親として凄く嬉しい。

この子はサーシャと同じで普段我慢してしまうから、特にそう感じるのだろう。

「さて、プレゼントだけど……ローリエとしては何かしたいことはあるの？」

「あの……おとうさま」

「なんだい？」

「おとうさまみたいに、おかしをつくりたいの……だめかな？」

その予想外の台詞《せりふ》に驚くが、ローリエが望むならそれを叶えるのも親の仕事だろう。

それに娘に教えながらのお菓子作りというのはなかなか楽しそうだ。

こうしてこの日から俺は時間があるときにローリエと一緒にお菓子作りをするようになるのだが、それはそれは楽しい一時だと断言できる。

❄

誕生日当日、何も知らないサーシャを連れて俺とローリエは広間へと向かっていた。

「あの、旦那様どちらへ行くのですか？」

「去年の雪辱《せつじょく》を果たすためかな？」

「雪辱？」

「なんでもないよ」

そう言うとサーシャはローリエを見て聞いた。

「ローリエ、何か用事なの？」

「えっと……お母様に見て欲しいものがあるの」

「見て欲しいもの？」

そんなことを話してる間に広間についた。

サーシャを促《うなが》してから扉をあけて——サーシャはフリーズした。

そこには様々な料理や誕生日らしい飾りつけと、サーシャの友人達を何名か招いてあり、皆一様に笑顔だったからだ。

その中には多忙なところを無理を言って来てもらった王妃様の姿もあった。

「旦那様、これは……」

「去年は誕生日をきちんと祝えなかったからね。今年は頑張ってみたんだ」

そう言うとサーシャは目を丸くしていたが、それに構わずに王妃様がサーシャに駆け寄ってくると笑顔で言った。

「サーシャ、誕生日おめでとう」

「レシリア様……ありがとうございます」

「フォール公爵から招待を受けた時は驚いたけど、頑張って予定あけてきたわ」

「お忙しい中ありがとうございます……」

「いいのよ、私が好きで来たからね」

そう言ってから王妃様は俺を見てニヤリと笑ってから言った。

「それにしても、王妃である私を直接招待なんて大胆なものね」

「サーシャが喜ぶことをしたまでです」

「あらそう、随分《ずいぶん》と妻想いですこと」

そりゃ、自慢の嫁ですから。

何よりもサーシャが何をしたら喜んでくれるのかわかっているからこそ友人達を招待したのだ。

家族だけの誕生日というのもいいものだが、それは後に取っておく。

そうして焦《じ》らしてからサーシャをとことん甘やかすのが俺の計画だ。

まあ、サーシャを前半友人達に取られるのはかなり悔しい気持ちもあるけど、お祝いの言葉は多いに越したことはない。

そんなことを考えていると、ローリエが俺に近づいてきてポツリと言った。

「おかあさま、よろこんでますよね？」

「ああ、ローリエが手伝ってくれたお陰だよ。ありがとう」

「えへへ……」

頭を撫《な》でてお礼を言うとローリエは嬉しそうに微笑んだ。

まあ、この数日は特にローリエが頑張ってくれたのでこれくらいのお礼は当然なのだが、こうして褒めてあげると凄く嬉しそうにするので俺もついつい甘くなってしまう。

まあ、その分ローリエは自分を律することをこの歳《とし》で会得《えとく》しているのであまり気にする必要はないだろうが、少しは頑固親父的なものにもなった方がいいのかな？

でも、それをしなくてもローリエは真っ直ぐに育ってくれているので、当分は必要ないだろうと思うのだった。

「あの……お母様。これを」

友人との話が一段落する頃にローリエは自作のケーキを差し出した。

本日のために俺がローリエに教えて作り上げた初めてのケーキだが、それに気づいたのかサーシャは少しだけ驚いてから聞いた。

「もしかして、これローリエが作ったのですか？」

「はい……お父様に教わって作りました」

「そう、とっても上手にできてますね」

そう言って頭を撫でるサーシャ。

ローリエはそれに嬉しそうに微笑むが……俺はその光景に身悶《みもだ》えしそうになっていたか、可愛《かわえ》え！　うちの嫁と娘が可愛いすぎる！

なんなのこの女神と天使のような組み合わせ。

これを見てるだけで苦労がすべて吹き飛ぶような気がする。

いつもの甘えてくるサーシャも好きだけどこういう母親らしい表情も凄くいい！

ローリエも母親に褒められて嬉しそうにしてるし、やはり料理とは素晴らしいものだ。

「ふふ、随分と仲良しですわね」

「ええ、自慢の嫁と娘ですから」

意外なことに話しかけてきたのは王妃様だった。

仲良くしてる二人を微笑ましげに見ながら王妃様は言った。

「ああしていると本当にそっくりですね。ローリエは昔のサーシャにそっくり」

「かもしれませんね」

「ええ、不器用で我慢強くて、どうしようもなく優しい……そんなところがそっくり」

流石《さすが》長年の友人の王妃様には見抜かれているようなので、俺はそれに頷《うなず》いてから言った。

「ええ、そんなところも可愛いですが」

「その様子だと本当にあの子達の欠点まで愛してそうですわね」

「欠点なんてないですよ。全てが好きですから」

弱さを欠点と言うなら、二人にはそんなものはない。

仮にあってもそこまでの全てを含めて愛しているからだ。

まあ、結局のところ、俺は二人のことが大好きすぎるのだろう。

そんな俺の言葉に王妃様はキョトンとしてからクスリと笑って言った。

「随分と変わったものですわ。あれだけ冷徹な《剣鬼《けんき》》が今では人が変わったように家族を愛する。いいえ、本当に人が変わっていてもおかしくはないかしら」

女というのは本当に勘《かん》が鋭くて困る。

母上といい、王妃様といい無自覚で異世界転生を察しているようなので本気で怖い。

やはり女の勘というのは侮《あなど》ってはいけないだろう。

「まあ、今のあなたならサーシャを任せても問題はなさそうですね」

「恐れ入ります」

「もっとも、私よりサーシャを理解してるのはあなたのようですけれどね」

「否定はしません」

そう言いながら俺と王妃様はサーシャとローリエに温かな視線を向けているのだった。

やはり嫁と娘は最高すぎる！


「旦那様ありがとうございます」

誕生日パーティーが一段落してからそんなことを言ってくるサーシャ。

その表情から、楽しめたようでよかったと一安心。

「お礼はローリエにも言ってあげてよ。今日のために頑張ったんだから」

「ええ、あの子にもちゃんと言いますが、何より先に旦那様に伝えたかったんです。こうして家族から祝っていただけるなんて思わなかったですから」

「これからは毎年するさ。君もローリエもミントもバジルもね」

「はい……」

そう言ってから微笑むサーシャ。

俺はその笑顔に内心で悶えつつも思い出したように言った。

「サーシャ。目を瞑《つぶ》ってくれるか？」

「？　わかりました」

俺の言葉に何一つ疑わずに従うサーシャ。

従順すぎてヤバい！

この子やっぱり健気《けなげ》すぎて、庇護欲《ひごよく》を刺激される。

そんな可愛いサーシャにイタズラしたい気持ちを抑えてから、今日のために準備したネックレスを首に着けて言った。

「誕生日おめでとう、サーシャ」

「旦那様、これは……」

「プレゼントだよ。誕生日なら必要だろう？」

サーシャに渡したのは所謂《いわゆる》ロケットペンダントと呼ばれるもので、中に写真などを入れて保管できるものだ。

そう、この世界には一応写真があるのだ。

まあ貴族の間ではあまり流行《はや》っていない。

それまでの絵画を主流とした流れを変えられないでいるからだが、それでもあることにはあるのでこういうものを作ってみたのだ。

サーシャは蓋《ふた》を開けてみてから何も入ってないことに気づいて聞いてきた。

「旦那様。これはこういう仕様なのですか？　なんだか随分とシンプルですが……」

「ん？　ああ、それはね。大切なものをそこに入れることができるんだよ」

「大切なものですか？」

「そう、写真は知ってるよね？」

「ええ、一応は」

「とある地域ではその中に大切な人の写真を入れて持ち運ぶことが流行ってるそうだ。お守りとでも言うのだろうか？　いつでもその人の顔を見られるからね」

そう言うとサーシャは感心したようにペンダントを見つめてから思い付いたように言った。

「でしたらその……旦那様」

「なんだい？」

「その、旦那様の写真を入れたいのですが……ダメですか？」

「構わないが、私でいいのか？」

そう聞くと嬉しそうに頷いて言った。

「はい！　旦那様がいいんです！」

「なら、サーシャにとって一番格好いい私を撮らねばな」

「はい！　あの……もうひとつお願いしてもいいですか？」

「構わないよ」

その言葉にサーシャは今度は少しだけ恥ずかしそうにしながらポツリと言った。

「今夜は……とことん愛してください」

「もちろん」

サーシャの言葉にみなぎるヤル気。

今夜は長くなりそうだと本能が告げている。

これは四人目の誕生もそう遠い話ではないかもしれないと我ながら思うのだった。

サーシャが可愛いのがいけない。

あんなに可愛く求められたら応えぬという選択肢はないからね！

うん！

❋

双子の姉弟《きょうだい》のミントとバジルが健やかに育ってきているのは凄く喜ばしい。

そんな中で、同時期に掌握……ごほん、手助けした学園の方で学園祭を行うことになった。

「お父様、学園祭というのは？」

「お祭りのようなものだ。屋台などを出して運営の仕方を学んだり、外部の人間との交流の機会を作って交流の幅を広げるのが目的となる。こういう機会だからこそ学べることもあるんだ」

元々はそんな行事はなかったのだけど、屋台などを出したり、展示や外部との交流など、

それは、ミントとバジルが生まれてから半年が過ぎた頃のこと。

「ああ、サーシャとローリエと一緒に行きたくてね」

「学園祭……ですか？」

学べることも多いので導入を進めてみたところ、中々に好感触で受け入れられて開催が決まった。

「武闘会も開かれるそうでね。私もゲストとして呼ばれているが、せっかくのお祭りだし、二人もどうかと思ってね。ミントとバジルは母上と父上が見ててくれるそうだ」

まあ、俺の場合は学園の経営者としての顔もあるのだが、それはそれ。

ミントやバジルを置いていくのは心配もあるけど、母上とついでに父上も積極的に孫の面倒を見たかったようで賛同してくれたので後は二人の返事次第。

「お義母《かあ》様達なら安心できますが……私も参加してよろしいのでしょうか？」

「勿論《もちろん》」

護衛に関しては、俺が二人を守るけど、それ以外にもその日は貴族が沢山来るし、国王陛下も来る予定なので学園祭の警備はかなりしっかりしている。

屋敷の方にもなるべく護衛を残すけど、ジークが屋敷に残る時点で屋敷には何も不安はない。

あの完璧執事はかなり強いしね。

ミントやバジルの安全は保証されてると言いきれる。

「二人のことは私が守る。信じて一緒に来て欲しいな」

そう微笑むとサーシャはその言葉に少し赤くなってからこくりと頷く。

超可愛い。

「ローリエも一緒に行こう」

「はい！」

嬉しそうに返事をするローリエ。

これで家族三人でのお出かけは決定した。

ミントとバジルとはもう少し大きくなってから一緒に出かけるとしよう。

学園祭の評判によっては毎年の行事になるはずだし、これで合法的に出かけられる。

毎年の警備は少し大変かもしれないけど、騎士団にとっては良い経験になるだろうし、騎士団長本人が乗り気なので問題なし。

人混みに少し不安もなくはないけど、エリアごとに制限も設ける予定なので二人のエスコートは人が少なく尚且《なおか》つ楽しめるエリアを経営者権限で確保しておく。

あくまでも貴族エリアや庶民エリアなどの価格帯の分け方の一環なのであしからず。

貴族エリアには少しお高めのものが並ぶし、庶民エリアは低価格でも美味《おい》しいものが並ぶようになってるしでそれぞれの良さはあるけど、貴賓席とかもあるし使用人に気になるものを買ってこさせる貴族にも対応している。

見て回るもよし、まったりと眺めつつ商品を買ってきてもらうのもよしで実に楽しみだ。

表向き、生徒達にとってプラスになるという如何《いか》にも大人な態度で企画を持ち出した俺だったがそんなアイディアを出した理由の大半は少し違う。

生徒達のためにという気持ちも勿論あるけど、せっかくなら家族で近場で出かけられる機会と口実が欲しかったのだ。

学園に関しては、俺の代理人だけでなく俺自身もなるべく時間のある時に確認しているのだけど、せっかくならその仕事をも上手く使って家族と仲を深めたい。

我ながら何ともワガママだが、これくらいのワガママは許されてもいいと思う。

普段そこそこ頑張ってるしね。


学園祭当日。

朝からテンションの高いローリエがセレナ様のオーダーメイドの服を着てワクワクしている。

「おとうさま、たのしみですね！」

興奮のあまり少し口調が幼くなるローリエ。

お姉さん口調が板についてきたけど、まだまだ子供で可愛らしい。

「ローリエ、その服似合ってるね」

「えへへ……」

頭を撫でると嬉しそうにはにかむローリエ。

セレナ様オーダーメイドのローリエの本日の衣装は、ゴスロリ系の可愛らしい服だ。

何故《なぜ》にゴスロリなのかはさておき、ローリエに似合ってるし凄くいい。

ただ、この愛娘《まなむすめ》の可愛らしさを見たらきっと惚れる輩《やから》も出てきそうだなぁと父親として愛する娘をガッチリ守る覚悟を決める。

「お待たせしました」


そうしてローリエを愛《め》でていると、少し遅れて準備のできたサーシャがやって来る。

そして俺は……見惚《みと》れてしまう。

白のシャツに水色のおしゃれなセーターを重ねたトップスに、下には白のハイウエストスカート。

シンプルながらもサーシャという素材の良さを最高に活かしたコーデで、悔しいけどセレナ様に感謝してしまった。

いや、サーシャが素晴らしいのであってセレナ様はおまけだ。

うん、サーシャ最高。

「サーシャ、よく似合ってるよ」

「ありがとうございます。こういう服は慣れなくて少し恥ずかしいですけど……」

照れつつそう言われるとますます可愛い。

「セレナ様はドレス以外もお上手なんですね。あまり見ない服が多いですけど、可愛いです」

まあ、確かにドレスの多いこの世界でこういう感じの服はセレナ様くらいしか作ってないな。

何故だろうと考えるけど、きっとドレスこそ貴族女性として最も正解と思われてるからだろうか。

まあ、その辺はセレナ様が服の種類を増やしそうだし手は出すまい。

棲《す》み分《わ》けは大事だし、俺は美味しいお菓子をサーシャとローリエに作るだけだ。

「二人とも、ミントとバジルに行ってきますの挨拶《あいさつ》はしてきたかい？」

「うん！」

「はい。お義母様とお義父《とう》様にもお願いしてきました」

ミントとバジルが生まれてから、割と頻繁にこの屋敷に足を運ぶようになった母上と、母上程ではなくても用事がある時に寄ってくれるようになった父上。

可愛い孫を独占できるこの日を逃すまいと早くから来ているのは知っていたが、早速孫を可愛がってるらしい。

良いけど、寝てる時は静かにするように。

注意するまでもなさそうだけど、ジークにも念の為フォローを頼んでおく。

「それじゃあ、行ってくる」

「お気をつけて」

ジークよ、サーシャとローリエの二人を見た後に心配そうに俺を見るのはどうなんだ？

まるで俺が何か外で仕出かすと決めつけてるようなその態度に疑問を抱くけど、嬉しそうに手を繋《つな》いでくるローリエの存在で気持ちを切り替える。

せっかくのお出かけだ、楽しまないと。

学園があるのは、王都の屋敷からそう遠くない場所だった。

とはいえ、馬車があった方がいいのは間違いない距離ではある。

流石は名門公爵家というべきか。

屋敷自体が大きいし、土地も広い我が家なのだが、初代の国王陛下の肝入《きもい》りとされていた学園もそれなりに大きい。

学園の所有権の大半は色々あって王家から流れて、現在は俺が所持しているけど、あくまでローリエがゲームのような展開になった時の備えなので保険という意味が強い。

「人が多いですね……」

馬車からでも分かるほどに人が集まっている。

生徒の父兄だけでなく、近隣の王都の民達もいるようだ。

「はぐれないように気をつけよう」

「わかりました！」

嬉しそうに抱きついてくるローリエ。

この子も積極的に甘えられるようになったものだ。

まあ、人目があるとお姉さんぶるけど、そこも可愛い。

「サーシャも、私の手を離さないようにね」

「……はい、旦那様」

そっと手を重ねると嬉しそうに頷くサーシャ。

控えめなその様子が実に俺の心を揺さぶる。

そんなことを考えながら貴族用の入口から学園に入場する。

学園の入口は普段から二種類ある。

貴族用の出入りに、一般の出入り。

貴族用は主に馬車を想定しての道で、そこから貴族科の建物へと続いている。

一般の出入りは徒歩を想定してのものだけど、こちらは普通科の建物が近い場所に続いている。

確か初代の国王陛下の言葉だ。

『学ぶことに貴賤《きせん》なし』

世代を経るごとにその言葉は失われていったようだけど、ローリエの世代までには良くなるようにする。

その為にも頑張らないとだけど……まあ、その前に家族でのお出かけを楽しもう。

指定の位置に馬車を停めると、先に馬車を降りてサーシャとローリエのエスコートをする。

馬車を降りる時に支えるように手を差し伸べるのだが、ローリエも段々とその様が板についてきた。

サーシャは元から完璧だったけど、手の温もりだけで心地よくなる俺は割とサーシャに溺《おぼ》れてしまってるのかもしれないと今さら思った。

悪くない。


学園長の開会宣言で学園祭はスタートする。

なお、その学園長は俺の部下の一人だけど、ローリエやサーシャはその部下の顔を知らないので分からないだろう。

「お父様、お父様」

ワクワクしたように俺に視線を向けてくるローリエ。

屋台が気になるのだろう。

「分かってる。行こうか」

その言葉に嬉しそうに屋台を見て回るローリエ。

気になるものが多いのかちょろちょろと駆け回るけど、これでもローリエは他の子供達に比べたらマシな方だ。

貴族の子息でも、子供は子供と言わんばかりに元気に駆け回る子もいる程だが、酷《ひど》いのはきちんと親と見回りの騎士団で対処しているので問題ないだろう。

しかし、このままだとはぐれそうだな……ふむ……。

「ローリエ、おいで」

その言葉でやって来たローリエを俺は優しく肩に乗せて肩車をする。

「ほら、これならはぐれないだろう」

「高いです！　お父様たかーい！」

「ふふ、良かったですねローリエ」

微笑ましそうにローリエを見ているサーシャ。

勿論、娘だけ構って妻を放置するような男ではない俺はそっとサーシャの手を握ると言った。

「サーシャも。私の側《そば》を離れないように」

「……はい」

そっと、控えめながら寄り添ってくるサーシャ。

片手は妻に塞《ふさ》がれて、肩の上には娘が。

かなり動きは制限されてるけど今の俺は世界一の幸せ者だと断言できる。

屋台に並んでいるのは、大抵はサーシャやローリエにはお披露目《ひろめ》済みのものばかりだが、屋台という形式や外という場所の影響か物珍しいらしい。

美味しそうにわたあめを食べるローリエと、りんご飴を食べるサーシャを微笑ましく思っていると、ふと視界の隅に見覚えのある顔が見えた。

セレナ様と宰相《さいしょう》の息子のマクベスだ。

「マクベスくん、何か食べたいものある？」

「お任せします」

「なら、チョコバナナ食べましょうか。半分こしましょう」

「人前は恥ずかしいのですが……」

「いいから、いいから」

……イチャイチャしていた。

俺はそっと視線を外して見なかったことにする。

護衛もきちんといるようだし、気にする必要はないだろう。

「お父様」

何かと思うとローリエが目の前にわたあめを差し出してきた。

ひと口貰う。

うん、甘くて美味しい。

「美味しいね、ありがとう、ローリエ」

「えへへ。でも、お父様の作った物が一番です」

嬉しいことを言ってくれる愛娘。

本当に良い子に育ってくれたものだ。

「旦那様、こちらのりんご飴も如何《いかが》ですか？」

そう言われたのでサーシャのもひと口貰う。

久しぶりに食べたような……いや、味見したしそうでもないか。

何にしても美味しい。

「これもいいね、ありがとうサーシャ」

ニコッとしてから、サーシャはりんご飴に再び口をつける。

そして、何かを思い出したようにその動きを止める。

はて何事かと思ったけど、すぐに原因に思い至る。

俺が口をつけた部分に無意識に口をつけたのに気がついたのだろう。

間接キスで照れるとか萌えの塊だと思うんだけど……気がついた俺はむしろ照れてるサーシャの様子に満足した。

まだまだ初《うぶ》で夫婦仲も更に深くなれる……素晴らしい。

無邪気に頭の上でわたあめを食べるローリエに癒《いや》されつつ、家族三人であっちこっちを見て回る。

すると、気がつけば武闘会の開始の時間になっていた。

俺もゲストとしてエキシビションマッチに出ることになってるので、そろそろ会場に向かうべきかと考えていると、キョロキョロと迷子になってるように忙《せわ》しなく視線を動かしている少年が視界に映る。

……知ってる顔だった。

というか、セリュー様だ。

セリュー様は最初に、肩の上にいて周囲よりも一段高い位置にいるローリエに気が付き、次にその下の俺に気がつくと心底安堵《あんど》したように駆け寄ってきた。

「こ、こんにちは、フォール公爵」

「セリュー様、このような所でどうかされましたか？」

「その……実は付き添いとはぐれてしまいまして……」

やっぱり迷子だったか。

それにしても、王子の護衛が護衛対象をロストするとは……後で手を回しておくべきだろうか？

「なるほど、これから武闘会の会場に向かいますがご一緒にどうですか？」

「……よろしいのですか？」

「ええ、付き添いの方には話を通しておきます」

近くに潜んでいるうちの者に合図を送ると、すぐに動いてくれた。

本当に頼りになる部下だ。

「ご迷惑でなければ……よろしくお願いします」

「ちなみに本日はどなたと来られたのですか？」

「侍女《じじょ》と護衛数人で来ました。姉さんにも誘われたのですが……その、悪い気がして」

確かにあのデートに割り込むのはハードルが高そうだ。

俺としても家族の時間は家族だけで過ごしたい心情は無論あるのだが……ここでセリュー様を一人で放っておくような俺をサーシャやローリエには見せたくない。

何よりも、祭りの中で寂しそうな少年を放っておけないお節介も多少あった。

サーシャとローリエにも確認するが、優しい二人は無論断らない。

ただ、ローリエはセリュー様の姿を見てどうするか迷ってからそのまま俺の上にいることを選んだようだ。

まあ、セリュー様はその程度で不敬とは思わないだろうし、咎《とが》める輩もいない。

家族サービス……否《いな》、家族との触れ合いを継続させて貰う許可は念の為取っておこう。

「ローリエ嬢、フォール公爵夫人、お久しぶりです」

「お久しぶりでございます、殿下」

「新しいお子が生まれたそうで。おめでとうございます」

……相変わらずしっかりした子だ。

「ありがとうございます」

「ローリエ嬢もまた一段とお美しくなられたようで」

「いえ、殿下には敵いません」

おお、ローリエもすっかり大人っぽいやり取りができるようになったなぁ。

……わたあめ持ったままだけど。

まあ、それはいいとして。

少し気になるのは……。

「セリュー様、あまり固くならずとも、この場には我々だけです。どうかそのままで」

人の目を意識したようなどこか無理をしてそうなセリュー様にそう言うと、セリュー様はその言葉に少し安堵したように表情を緩めた。

「すみません、ついいつもの癖で……」

王太子になったことで、色々学んでいるので大変なのだろう。

この歳から王になるための勉強か……俺には真似できないので純粋に凄いと思う。

この子が本当にゲームのようなローリエを苦しめる王子になるとは思えないのだが……。

やはり育つ環境なのだろうか？

気にしても仕方ないな。

「本日はお休みということでいかがでしょう。何か召し上がりましたか？」

「いえ、あまり口にしてなくて……」

「では、お好きなものを選んでから会場に向かいましょうか」

お金は持ってないだろうし、支払いは無論俺がする。

後で王家には請求するべきだろうが……まあ、正直大した額でもないし美味しそうに食べるセリュー様を見るのは悪い気はしない。

セリュー様はローリエと同じくわたあめが気になったようだけど、その前に焼きとうもろこしを食べて感動していた。

「これ、すごく美味しいです！」

歳相応にはしゃいで食べるセリュー様。

無邪気な様子に、バジルが大きくなったらこうなるのだろうかとふと思った。

サーシャも同じことを考えているようで、視線が合う。

数秒見つめ合ってから思わず微笑み合う。

心の距離が近くて心地よい。

「お父様、そろそろ……」

「そうだね、ありがとうローリエ」

「えへへ」

しっかりとした娘をよしよししてから、武闘会の会場に向かう。


武闘会の会場に到着。

貴族用のボックス席を予約しており、そこからは試合の光景がよく見えた。

「フォール公爵は試合に出られるのですか？」

「いえ、エキシビションマッチには呼ばれてますが」

本当は解説役にも呼ばれたけど、家族との時間が大切なので断っていた。

エキシビションマッチの一戦だけなら大して大変でもないしそのくらいでないと引き受けるメリットもないだろう。

「そうなんですか……が、頑張ってください！」

「ええ、ありがとうございます」

とはいえもう少しだけ時間もあるし、軽く試合を見てみるけど……予想以上に飛び入り参加の質が高いみたいだ。

中々面白い戦いもあって、盛り上がっていた。

「フォール公爵、今のは……」

「ええ、わざと受けましたね。中々上手いです」

所々で、気になったのかあれこれと質問してくるセリュー様に答えるけど、大したことは話してないのに謎に尊敬の視線が強まっていくのがいたたまれない。

あと、セリュー様に構ってばかりなのでローリエが少しだけ見えないところで不貞腐《ふてくさ》れてる。

顔には出てないけど俺は分かった。

「さてと……そろそろ時間なので行きますね」

いいタイミングで俺は席を立ち、サーシャに行ってくると視線を送る。

サーシャも優しく行ってらっしゃいと返してくれたのでその後にローリエの頭を撫でて言った。

「帰ったら、一緒に遊ぶから……応援頼んだよ」

「……！　うん！」

可愛い娘にニッコリとして、俺は護衛達に部屋の守りを任せて舞台へと向かう。

妻と娘が見てるし……頑張るぞ！

❄

フォール公爵がステージへと向かう。

部屋に残ったのは僕と、フォール公爵夫人とローリエ嬢の三人。

外にはフォール公爵の護衛と思われる人達がいるようだけど……全然気配を感じなくてビックリした。

あの人達はフォール公爵の指導を直《じか》に受けているのだろうか？

だとしたら羨《うらや》ましい。

「ローリエ嬢」

とはいえ、その前に僕はローリエ嬢に言わなければならないことがあった。

「何でしょうか？」

「今日はすみませんでした」

「……何がでしょう？」

「家族の時間にお邪魔してしまいました」

僕も迷子になって、不安だったから最初は気が付かなかったけど、ローリエ嬢やフォール公爵夫人は普段は忙しいフォール公爵とのせっかくのお出かけだったはず。

その時間に割り込んだことが申し訳なくて、でも言い出して一人に戻るのも寂しくて、このタイミングでしか僕は言い出せなかった。

本当に僕はダメだ。

「セリュー様」

思わず俯《うつむ》く僕にローリエ嬢は近づくと真っ直ぐに目を見て言った。

「私は怒ってません。お父様ならセリュー様を放っておかないと知ってましたから」

……そうだ、確かにフォール公爵はそういう人だ。

いつだって、優しくてカッコよくて……そして眩《まぶ》しい。

気がつけば僕はフォール公爵に憧れていた。

ああなりたいと心から願った。

手を差し伸べてくれたそんな姿が尊くて。

その優しい瞳が心を溶かしてくれた。

そして、そんな憧れの人と同じように僕の瞳を真っ直ぐに見てくれるその娘さん。

その瞳には怒りはなかった。

その瞳には——こちらを思いやるような優しさがあった。

「セリュー様は今日、セレナ様やご家族に遠慮して一人だった。私も昔のままならそれを選んでいました」

まるで自分にも言い聞かせるようにローリエ嬢は語りかける。

「でも……たまにはワガママになってもいいんです。気持ちを押し込めなくてもいいんです。だって……大切な家族なんですから」

そう微笑んだローリエ嬢に――僕の胸がとくんと高鳴る。

どくんどくん――。

不思議な高鳴り。

ローリエ嬢の笑顔から目を逸《そ》らせない。

憧れの人がその姿に重なって、息が止まりそうになる。

この気持ちは……これは一体……。

その時の僕には分からなかった。

これこそが僕がローリエ嬢を意識するようになった〝きっかけ〟であり、その笑顔に僕は――見惚れたのだろうと。

＊

エキシビションマッチは割とすぐに終わった。

中々に盛り上がったけど、俺自身は何故かとってもクールであった。

何故だろう……俺の中の第六感が早く戻れと告げている。

その声に従ってボックス席に戻る。

部屋には出て行った時と同じく、サーシャとローリエ、セリュー様の三人だけ。

特に不審な点は……いや、セリュー様の様子が少し変だ。

ローリエと俺との間で視線を行ったりきたりしている。

これは一体……。

そう思って、サーシャに視線を向けると、くすりとサーシャは微笑んだ。

『ローリエはやっぱり、旦那様の子供でしたよ』

何を今さらと思わなくもないが、きちんと視線で返しておく。

『私だけでなく、サーシャと私の大切な子供だよ』

『そうですね……ふふふ』

とはいえ、サーシャとのアイコンタクトで凡《およ》そ状況を把握する。

要するにうちの娘の笑顔にセリュー様が心を奪われていたと。

うーん、流石ローリエ。

無自覚にセリュー様を魅了したのか……まあ、何にせよ、まだまだ子供だしそこまで警戒することはないか。

セリュー様は多少ローリエを意識してるようだけど、幸いというべきかローリエの方は普通だし、恐らくローリエの本日の衣装のゴスロリ風の服の影響もあるはず。

数日で落ち着くか、その気持ちが成就するかはてさて。

俺が冷静な理由？

ゲームのセリューは大嫌いだけど、このセリュー様はなんというか……放っておけない子供だし、素直で真面目だし今すぐ評価するには早すぎる。

ローリエが惚れた訳でもないし焦る話でもないだろう。

父親として思うところはあるが……何にしても、全てはローリエ次第。

俺は父親としてローリエが進みたい道で幸せになるようにアシストするだけ。

だけど……娘の成長が嬉しくもあり少し寂しいので後でサーシャに慰《なぐさ》めてもらおう。

そういう名目でイチャイチャも悪くない。

そんな感じで、武闘会は順調にスケジュールを消化して、学園祭は幕を閉じた。

かなりの大反響だったようで、来年からも年一で続く行事になったけど、問題がなかった訳でもないのでその都度対応が必要かもしれない。

俺としては、サーシャとローリエとのお出かけが楽しかったし、来年も来たいところ。

セリュー様を王城まで送り届けたのだけど、その時に何かを決意してるようなセリュー様の姿を馬車が動き出してから見たのだが……それを知るのは後日になってから。

本日はとりあえず俺の膝の上ですやすや寝てるローリエと、俺の肩に寄り添って寝息を立てているサーシャの温もりが何よりも尊い。
行きも帰りも天国でございました。

第六章 王子様育成計画

「お願いします！　僕に剣術を教えてください！」


そんなことを頭を下げて言ってくるのは第二王子のセリュー様。

俺はそれに若干頬《ほお》をひきつらせそうになりつつも聞いた。

「いやいや、セリュー様。私なんかに頼まなくてもあなたならいくらでも教え上手な教師を雇えるでしょう」

「フォール公爵にお願いしたいのです！」

「何故《なぜ》私なのでしょうか？」

「この前の騎士団長との戦い、そして学園祭の武闘会……いえ、それ以前から教わるならあなたと決めていました。何卒《なにとぞ》お願いします！」

……困った。

まさか王子からこんなことを言ってくるとは。

俺は隣にいる付き添いのセレナ様に視線を向けると、セレナ様はくすりと笑って言った。

「あら、王子に頭を下げさせてまだ足りませんの？」

「いえ、ですから私なんかより優秀な教師はいるでしょうし……」

「あら？　あなたもうすでに教え子がいるのでしょう？　一人も二人も変わらないわよ」

そこまで知ってるとは……恐ろしい王女様だこと。

俺はため息をつきたくなる気持ちをなんとか抑えてからセリュー様に言った。

「セリュー様。私に剣術を習うとなると、私はあなたを王子としてではなく、一人の教え子として見ます。それの意味を理解できますか？」

「はい！　どんな苦しいことでも必ずやり遂げます！」

あまりにもハッキリと言うので清々《すがすが》しくなるが……うん、これ以上面倒ごとと、仕事を増やしたくないというのが本音だ。

確かに今のセリュー様なら、たとえ剣術を教えても悪用はしないだろうし、ヒロインに利用されるようなこともないだろうが……だとしても将来悪役令嬢となったローリエと敵対することになるかもしれない人物に剣術を教えろとかどんな罰ゲームですかって話だよ。

しかし、これを断ることをきっかけにセリュー様とローリエの関係が悪化するようなことになってしまったらなんとも言えない。

好転したらしたで、父親としての俺が地味に傷つく結果になりかねない。

あれ？　どのみちあまりメリットないぞ？

「ちなみにお父様からの書状もありますが……見ますか？」

「いいえ、結構です」

そこまで手を回されているなら俺には元より拒否権はないのだろう。

はぁ……まあ、確かにセリュー様と俺が接点を持ってなるべく関係を築いておけばいざという時に対処はしやすい。

それに精神面も教育していけば将来的に俺の予想を超える男になるかもしれない。

仕方ないか。

「頭をあげてください。セリュー様」

そう言ってから俺はセリュー様に苦笑しながら言った。

「あなたを一人前の男にするまで厳しくいきます。よろしいですね？」

「は、はい！」

嬉しそうに笑うセリュー様。

まあ、仕方ないと割りきるしかないか。

とはいえスケジュールをまた調整しないと……睡眠時間を削ればなんとかなるかな？

そんな風にして俺は王子様を弟子《でし》としてしまったのだった。

不本意だけど仕方ない。

どのみち拒否権はなかったようだしね。

あのクソ陛下はもとからそのつもりだったようだし、何よりそれを強要しないで頭を下げたこの子の誠実さを買うべきだろう。

おじさんこういう子嫌いじゃないしね。

❄

「さて……どうするか」

引き受けた以上対策を練らないといけない。

相手は王子様だ。

どの程度本気で教えていいものか。

一応時々教えてるミゲルの場合はある程度基礎を仕込んでから望むだけ与えるつもりでやってはいるが……王子様レベルとなるとどこまでやっていいのか悩む。

おそらく剣術の基礎はかじってるだろうし、そこから考えると妥当《だとう》なのは……。

「俺から一本取れるまでくらいか？」

「いや、それは無理でしょう」

「ジーク、何の話かわかって言ってるか？」

他の仕事をしながら答えるジークに視線を向けると、不敬にもそのまま仕事をしながら答えた。

「なんとなくわかります。セリュー殿下に剣術を御指南されるそうで」

「だから、俺なりに考えたんだが……やはり、俺を超えるくらいには強くなってもらいたいものだ」

「難易度上がってますよ。そもそもあなたみたいな化け物簡単に超えるなんて無理ですよ」

「失礼な奴だ。ミゲルよ、君はどう思う？」

そう聞くと慣れてきた書類仕事に励んでいたミゲルは苦笑しながら答えた。

「カリス様はお強いですから、殿下もきっと憧れてますよ」

「そうか？　というか、話を逸《そ》らしたな」

「えっと……剣術を教えるのですよね。だったらカリス様に憧れる殿下はきっとカリス様と同じレベルまで要求してくるかと」

「なんだかやけにセリュー様に詳しく聞こえるが面識あったのか？」

意外な台詞《せりふ》にそう聞くとミゲルは頷《うなず》いてから言った。

「このあいだ訪問された時にお話をしました。とても気さくな方で使用人にも優しいのですね。歳《とし》も近いからか色々話してくださいました」

「ほう、どんな話だ？」

「主にカリス様の魅力を聞かされました」

何故俺？

なんだか攻略対象を俺の都合で別のルートに誘導してるようで気がひけるけど……これも、ローリエのためだ。うん。

「特に騎士団長と一騎討《いっきう》ちをされた時の姿が凄かったと聞いております」

「あまり褒められたようなことはしてないが……あれが原因なのか？」

必要だと思ってやったことが予想外の結果を生んでるような気がする。

あれが原因で俺に剣術を習うという選択肢が発生したのか？

だとしたらバッドな選択肢だったかも……。

「僕もカリス様に剣術を習ってますが、本当にお強くて殿下が憧れる気持ちもよく分かります」

「そんなことはないと思うが……とりあえず今のミゲルの目標はジークだろ？」

「はい。カリス様はもちろん憧れますが……僕は僕でジークさんに早く追いつきたいですから」

「なら頑張ることだ。ちなみにそこの執事は剣術もかなりのものだから参考にするといい」

「へー、知らなかったです」

俺も忘れてたけど、この執事戦闘もできなくはないんだよね。

ただ老人だから体力はないけど。

「とりあえず、お二人とも仕事を早く終わらせてください」

「はいはい」

そんな感じで俺はとりあえず成り行き任せで行くことに決めたのだった。

ま、これ以上の面倒は起きないことを祈るところだ。

「えっと……では、始めますが本当に城ではなくて我が家でよろしかったのですか？」

俺が城に行こうと思っていたが、セリュー様のご希望で我が家での訓練になった。

陛下的にはローリエとの接点が増えるのと、俺の元なら安心という気持ちなのだろうが……そんな大人の事情を抜きにそう聞くとセリュー様は頷いて言った。

「はい、フォール公爵に教えていただくならこちらがいいです。ご迷惑でしたか？」

「いえ、大丈夫ですが……」

迷惑でないと言えば嘘《うそ》になるが、それを言うほど野暮ではないので黙っておく。

大丈夫、フォール公爵は大人の男だから。

漢字の漢で、漢《おとこ》と読む男だから。

そんな感じで始めたセリュー様の剣術の授業なのだが、しばらく素振りを見せて貰ってから納得する。

教え方が良かったのか本人の資質か、この歳にしては相当剣術の腕は良かった。

確かにこれほどの才能なら剣に覚えのある者に任せるのが良さげだなと納得する。

セリュー様は才能がある上にコツコツと積み重ねたものがあるような感じがする。

鍛《きた》えれば俺や騎士団長を超えそうな逸材《いつざい》だが、やはりこれに教えるなら絶対にローリエと敵対させない道を選ばせないといけないな。

俺はそう決意して素振りを中断してセリュー様を呼んだ。

近づいてきたセリュー様は軽く汗をかいてるが体力的にはまだまだ余裕そうだった。ふむ。

「セリュー様、私と試合をしましょうか」

「え？　フォール公爵とですか？」

「ええ、セリュー様にこれから教えることは口頭よりその方が早いでしょう。王国の剣術は一通り習いましたね？」

わかってはいるが一応聞くとセリュー様は頷いた。

「はい、一応は」

「なら、それをモノにするための実践をしましょう」

「あの……でも、僕、そこまで強くないので……フォール公爵には全然届かないというか……」

「ええ、それで構いません。今は届かなくてもいつか届いてくれればね」

その言葉と共に俺は木刀を構える。

それを見てから慌てて構えるセリュー様に俺は笑顔で言った。

「私から攻撃はしません。セリュー様は落ち着いて状況を見てからきちんと判断して王国剣術で戦ってください」

「落ち着いて判断……」

「ではいきますよ……スタート」

その言葉で無理やり試合を開始させる。

セリュー様はこちらに遠慮《えんりょ》してかぎこちなく打ち込んでくるが、それでも上手く木刀を扱えているので多分あとは気持ちの問題なのだろう。

なら……俺は、一度木刀を下げてからセリュー様の動きに合わせて木刀の軌道に入る。

そしてそのまま木刀を片手で摑《つか》んでから驚くセリュー様に言った。

「こんな甘い攻撃では傷一つつきませんよ？　あなたがお優しいのはわかりますが、剣を振るう時は気持ちを切り替えましょう。剣は何かを守るために振るうものですから」

その言葉に目をぱちくりさせてからセリュー様は気持ちを引き締めて打ち込んできた。

先程よりも強い打ち込みだが俺はそれを普通に受け流す。

『この程度では効きません』

そんな気持ちを伝えると、それに対してセリュー様は笑顔を浮かべて打ち込んできた。

まるで格上の相手にすべてをぶつけるのが楽しいみたいな純粋な笑顔に、俺は少なからずこの子に王の器を見たのだった。

❋

「お疲れ様、セリュー」

「姉さん、それにローリエ嬢もご一緒でしたか」

休憩に入ったセリューに声をかけたのは丁度ローリエに会いにきていたセレナだった。

後ろにはローリエの姿もあるが、何やら複雑そうな表情をしていた。

「ローリエ嬢、どうかなさいましたか？」

「……なんでもありません。お父様に会ってきます」

そう言ってからカリスの元に走っていくローリエを、不思議そうな表情でセリューが見ていると、セレナはくすりと笑いながら言った。

「嫉妬《しっと》してるのよ、あなたがフォール公爵を独り占めしたことに」

「嫉妬ですか？」

「ええ、ついさっきからここで見てたけど、あなたと楽しそうに打ち合うフォール公爵の姿に疎外感《そがいかん》を覚えたのでしょう。女の私達ではできないコミュニケーションだから」

その言葉を聞きながらチラリと見ればカリスと楽しそうに話すローリエの姿があった。

そんな彼女の横顔を見ていると何故か不思議と胸が温かくなるような気持ちを抱く。

そんなセリューにセレナが笑いながら言った。

「意外ね、打ちのめされてへこたれると思ったら、ローリエさんの横顔に見惚《みと》れるなんて」

「な、見惚れ……そんなことないですよ」

「あら？　そうなの？」

「それに僕がへこむことはありません。憧れのフォール公爵に近づく機会ができたのですから」

何度木刀を振っても絶対に倒せない存在。

それほどまでに圧倒的な差だったが、セリューはまったく気にしていなかった。

むしろそれほどの距離を感じられただけでも今日は収穫があった。

「姉さん、やっぱりフォール公爵は凄いです」

「知ってるわよ。あなた稽古の最中笑ってたの気づいてる？」

「誰がですか？」

「あなたに決まってるでしょ、セリュー」

「笑ってましたか、僕？」

記憶にないのでそう聞くとセレナは笑って言った。

「ええ、物凄く笑顔で楽しそうにしてたわ。前なら剣術なんて嫌な顔してたのに」

「そうですか……多分フォール公爵の格好良さに憧れたからですかね」

剣術を楽しいと感じるようになったのはカリスの剣を見てからだ。

少しでも彼に近づきたいと思い頑張るようになった。

それを少しでもカリスにぶつけられたのがセリューにとってはとても楽しかったのだ。

そんな弟の様子にセレナは苦笑しながら言った。

「弟がきちんと男の子してて、お姉ちゃん安心したわ。これからも時々様子を見に来るから頑張りなさい」

「はい、ありがとうございます姉さん」

「まあ、可愛《かわい》い弟のためだからね」

そんな会話をしながらも、セリューは時折ローリエの方を見ては目線を逸らしてしまう。

あまりにもカリスと楽しそうに話すローリエの横顔がどこか輝いていて眩《まぶ》しくて……それを見ると、何故か少し照れ臭くなったからだ。

そして——カリスと話す時のローリエの生き生きとした表情が凄く綺麗《きれい》だと、そう感じたのだった。


——とくん、とくん。


「？？？」

学園祭の時にも感じた不思議な胸の高鳴りに首を傾《かし》げるセリュー。

そんな無邪気な弟の気持ちを全て見透かしたようにセレナは一人セリューを微笑《ほほえ》ましく見守るのであった。

❄

「お父様、お疲れ様です」

セリュー様との初訓練の休憩に入るとローリエがタオルを持ってきてくれた。

別に汗はかいてないけど、折角の娘の気遣いを無駄にしないように俺は受け取ってから言った。

「ありがとう、見ていたのかい？」

「はい、ついさっきから。流石《さすが》お父様です」

近くにセリュー様と何故かセレナ様がいるからか、いつもより丁寧口調なローリエの頭を撫《な》でながら俺は言った。

「まあ、このくらいは準備運動だよ。それにしても本当に口調が大人っぽくなったね」

「本当に？」

「ああ、いつもの可愛い口調も好きだけど、今の口調も可愛いね」

「えへへ……」

その言葉に嬉しそうに微笑むローリエ。

そんな可愛い娘を見ていると撫でる手を止められそうにないが流石にそろそろうざがられるかもしれないので手をひこうとすると、ローリエは俺の手を掴んで寂しそうな表情で言った。

「やめないで、もっと撫でて」

……ローリエさん。

あまりそんなことをそんな表情で言うものではありませんよ？

悪い男にひっかからないかお父さん心配になるよ。

それにしても、今のはサーシャに似てて一瞬ぐらつきそうになった。

愛娘《まなむすめ》とはいええらい破壊力だ。

まあ、とかなんとか言いつつそのまま頭を撫でていると、ふと、ローリエが俺の服の裾を摑んでいるのに気づいた。

「どうかしたの？」

「……なんでもない。お父様に会いたかっただけ」

「そうか、嬉しいよ」

何かあったのか心配になるが、今日はとくに大きな出来事はなかったはず。

そういえば、俺の元に来る前にセリュー様と何か話してたようだけど……まさか、セリュー様とのフラグが立ったとか？

いや、だとしたら俺にこんなに甘えてくるのは少しおかしい。

そうなるとセレナ様に何か吹き込まれたのか？

あり得なくはないが……それも違う気がする。

そうなると……まさか嫉妬とか？

俺がセリュー様ばかり構うような気がして嫉妬したとか？

なーんて、少し自意識過剰すぎるか？

まあ、その場合でもこちらから愛情を持って構ってあげればいいか。

とはいえ、セリュー様とのフラグが立っていた場合を考えると少しだけ複雑な気分になる。

一応聞いてみるか。

「ローリエ、セリュー様のことどう思う？」

「セリュー様ですか？」

「ああ」

「えっと……いい人です」

うん、多分大丈夫。

こういう時のいい人はコメントに詰まっての言葉のはず。

だとしたら杞憂《きゆう》か。

しかし油断はできない。

さっきから時折感じるセリュー様からのローリエへの視線。

俺はそれになんらかの情があるように感じる。

無邪気な少年が気づきそうでまだ気づいてない気持ち。

まだ小さいがやがて変わりそうな火種の予感。

しばらくセリュー様は警戒した方がいいかもしれないな。

とりあえず、剣術の訓練でしばらくは顔を合わせるからなるべく注意して、もしローリエがその気になったら……素直に応援しながらバッドエンドを回避するしかないな。

何より大切なのはローリエが生きて好きな人と子供を作って幸せに一生を終えること。

それを大切にしながら俺は動けばいい。

ローリエの頭を撫でながらそう考えるのだった。

第七章 婚約と未来

「ついに来てしまったか……」

苦々しく俺は手元の書状を読む。

この事態は予期していたがそれでも来ると嫌な顔をしてしまう。

俺はその書状を丸めてゴミ箱に放り投げようとするが、その前に執事長のジークに止められてしまうのだった。

「離せジーク。ゴミを捨てるだけだ」

「いけませんカリス様。いくらローリエ様への縁談だからと言っても国王陛下からの書状を捨ててはいけません」

そう、俺の元に来たのは可愛《かわい》い娘ローリエへの縁談だ。

しかもセリュー様との婚約の話。

まあ、前からアプローチはあったので当然と言えば当然のことだが、それでもあのクソ陛下に頭にきてしまうのは仕方ないだろう。

「全く……何度断れば気が済むんだ」

「ですが、今回は正式な婚約の申し出です。容易《ようい》に断れるものではありません」

「わかっているが……それでも頭にくる」

政略結婚を否定はしない。

貴族なのだから仕方ないとも思うが、できることなら俺はローリエが一緒にいて幸せだと思える人と結婚してほしい。

いや、ローリエだけではない。

ミントとバジルにもそうだ。

たとえ身分が違っても国が違っても好きな人と結ばれて幸せになってほしい。

親の傲慢《ごうまん》だとは思うがそれでも俺は子供には幸せになってもらいたいのだ。

「さて、となるとどう断るかだが……」

「いやいや、カリス様。流石《さすが》に今回は厳しいでしょう」

「何がだ？」

「わかっているでしょう。この国の王妃に最も相応《ふさわ》しいのはお嬢様をおいて他にはいませんし」

「知らんな」

確かに家柄的にも今の情勢的にも適任なのはローリエくらいなものだがそれはあくまで大人の事情。

子供に背負わせるものではない。

「それにお嬢様はもうすぐ六つになります。早めに婚約者を作るに越したことはありません」

「理屈の上ではそうだな。だが、それが果たしてあの子の幸せに繋《つな》がるか？」

「お嬢様は賢い方です。きっと理解しているでしょう」

「そうだな、あの子は賢い。だが俺の子供だ。たかだか大人の事情に子供を巻き込むなんてナンセンスだろう」

そうは言っても確かに必要なことは認めるしかない。

あとはローリエの気持ち次第か……とりあえずは本人に直接聞いてみよう。

ローリエが嫌なら何がなんでも断るつもり。

そのために今日まで頑張ってきたのだから。

完全には無理でもこちらには奥の手がある。

それを発動させればあとは流れをこちらに引き込めるだろう。

そんなことを思いつつ俺は書状を投げ出してから部屋を後にするのだった。

気分転換と今後の方針のためにもローリエに会わねば。

どんな答えだろうと俺は絶対に家族を守ってみせる。


「あ、おとうさま！」

部屋に行くと丁度暇だったのか一人で本を読んでいたローリエ。

お付きもいないので幼い口調になっているローリエを抱き上げてから俺はローリエに微笑《ほほえ》んで聞いた。

「おはなし？」

「話がしたかったんだが大丈夫かい？」

「ああ、実はなお前に縁談がきてるんだ」

「えんだん……こんやくしゃのことですか？」

「ああ、セリュー様との縁談だ」

そう言うとローリエはキョトンとしてから頷《うなず》いて言った。

「つまり、わたしはおいえのためにせりゅーさまとこんやくしたほうがいいのですか？」

「いや、そこまでは言わない。ローリエが嫌なら断ろうと思ってるから」

「でも、ことわるとおとうさまがたいへんなんじゃ？」

やはり幼いながらも婚約について理解しているローリエ。

賢い娘を思わず反射的に可愛がりそうになるが、それを制してから俺は微笑んで言った。

「ローリエが望まないことを望むつもりはないさ。確かに貴族としては大きなことだが、それ以前に子供を守るのは親の役目だからね」

別に俺はセリュー様のことを嫌ってるわけではないし、頑固親父のように娘の婚約を否定しているわけでもない。

ただ、時間が必要なだけなのだ。

ローリエがきちんと理解して自分で考えて出した結論が何より大切。

その上で幸せになってもらいたいのだ。

世の中そんなに甘くないなら、そこまで甘くするのも親の責務。

可愛い子供には幸せになってほしいのだ。

「ローリエはセリュー様のことどう思ってる？」

その質問にローリエは少し考えてから答えた。

「まじめなかただと、おもいます」

そうだな、俺もそう思う。

生真面目《きまじめ》というか、無垢《むく》で純粋で、本当にゲームのセリューとは違うと思った。

いや……もしかしたら、今のまま育てばああはならない気がする。

「セリュー様との婚姻だが、焦って決める必要はない」

時間が必要ならいくらでも作る。

文句を言われようとも、ローリエが考えて決めた未来がいいのだ。

これはローリエの人生だからね。

その道を俺が少し手助けして、幸せになってほしい。

「ローリエの今の気持ちを聞かせてほしい」

そんな俺の言葉にローリエはしばらく考えてから微笑んで言った。

「わたしはおとうさまをしんじます」

「信じる？」

「はい。おとうさまをしんじておまかせします。だからおとうさまはわたしをしんじてください」

「ローリエ……」

決して、適当に答えてるのではない。

まだ自身が幼いことを理解しており、自身の立場を理解しての発言だ。

俺がローリエのことを信じているように、ローリエも俺のことを信じてくれている。

だから、自身や俺だけでなく、家族やローリエの大切な人達が幸せになれる選択をしてくれと。

どんな道でも自分は進んでみせると言い切った。

いつの間にこんなに大人になったのか……。

子供の成長というのは時に親の想定を超えてくれるものだが、自然と涙腺が緩くなる。

信じるか……なら、俺はその信頼に応えていかねばならないな。

俺が大切なのは何か、何をどうすればローリエが幸せになれるのか、乙女ゲーム、攻略対象の状況。

ありとあらゆる可能性を思考していく。

ここから先の展開とそれに伴う変化。

人間というのは思ったようには成長しない。

とはいえ、本質が圧倒的に変わることはない。

なら、それを想像することはできなくないはずだ。

そうしてしばらく考えてから俺はローリエに微笑んで言った。

「これから先、少しばかり大変だけど……頑張れるか？」

「おとうさまがいっしょならがんばります！」

「そうか。ありがとう」

そう言ってから頭を撫《な》でる。

俺の覚悟は決まった。

しかし……もう一方の当事者にも一応聞いておこう。

その意見で答えが変わるかは不明だが、進む先によっては力になろう。

よりよい未来を子供達に歩ませる……俺の強欲かもしれないが、やるからにはスケールは大きく。

そして最優先は家族の幸せだ。

❄

「いきなりの謁見《えっけん》とは驚いたが覚悟は決まったようだな」

「ええ、一応」

俺は国王陛下に直接謁見していた。

どうしても自分の口から言わないといけないことがあったからだ。

タイミングが良かったのか隣には王妃様もおり、不思議そうにこちらを見ていた。

「では、セリューとの婚約の話は進めて良いのだな？」

「いいえ、もちろん違いますよ」

「なに？」

眉根を寄せる陛下に構わずに俺は言った。

「以前から申しているように私は娘の幸せを願っているのです」

「聞いておる。だからこそセリューとの婚約が一番の幸せであろう」

「陛下はそうお考えなのですね。でも私は少し違うのですよ」

「違うというと？」

そう聞いてきたのは王妃様だ。

あまり話の邪魔をするつもりはなさそうだけど、好奇心からの質問に俺は逆に聞いてみた。

「王妃様は今幸せですか？」

「それは……まあ、そうね」

「ええ、お二人の関係を見てればそれは伝わってきます。でも王妃というのは誰にでも務まるものではない」

「……そうね。でもローリエちゃんならなれると私は思うわよ。あなたとサーシャの娘ですもの」

「ええ、あの子は賢いですからその辺も理解しているでしょう」

そう、ローリエは言ってしまえば天才なのだろう。

でもだからこそ。

「だからこそあの子には自分の目指す道をしっかりと自分で判断して欲しいのです」

「……つまり断ると？」

「そう言いたいところですが……婚約にメリットがあるのも確かです」

ローリエの虫除《むしよ》け、将来のことなどを考えれば総合的にはプラスになりえるだろう。

でもその影にあるデメリットも見逃してはいけない。

この判断一つでローリエに過酷《かこく》な王妃教育を強《し》いることになるのだから。

ましてや、乙女ゲームの展開に近くなるデメリットは大きい。

だからこそ俺はこれを言いたくてここに来た。

「だからこその折衷案《せっちゅうあん》を提示しに来ました」

「折衷案だと？」

「ええ、もしローリエをセリュー様の婚約者にとどうしても望まれるなら二人の関係は学園の卒業までは婚約者〝候補〟としておくこと。もちろんローリエには王妃教育をうけさせますが、もし二人の気持ちが卒業までに変わったらすぐにローリエとセリュー様には別れてもらいます」

「……そんな一方的な話に乗るとでも思っておるのか？」

「乗らないなら断ります。でも今の陛下の情勢で他にローリエ以外の婚約者候補は何人いますかな？」

この人は今内外に敵が多い。

だからこそこの話に乗らざるをえない。

よしんば陛下の力で無理やり婚約させられたらいくつかの項目をつけて婚約破棄を有利に運べるようにするか、クーデターでも起こして国を乗っ取るのも悪くない。

そんな俺の予想外の言葉にしばらく陛下が黙っていたが、かわりに王妃様が笑いながら言った。

「最近のあなたは本当に面白いわね。まさか国王を脅《おど》すなんて」

「人聞きの悪いことを。取り引きですよ。娘の未来がかかってるものでね」

「ふふ、どうするのあなた。このタイミングでフォール公爵家を敵にしたら今度こそクーデターでも起こされて私とあなたは斬首でもされるかもね」

思ったよりも楽しそうに笑う王妃様に呆《あき》れながら陛下は言った。

「楽しそうに笑うでない。まったく……フォール公爵。最後に聞いてもよいか？」

「なんなりと」

「貴公が大切なのは国か家族か」

「無論家族です」

「はは、なるほど。あいよくわかった。貴公を読み違えてたこちらのミスであろうな」

そうしてしばらくしてから陛下は頷いて言った。

「貴公の案に乗ろう。かわりに一層の忠節を頼む」

「ご心配しなくても、陛下が事を起こさなければ私は味方ですよ……今は」

「ゆめゆめ、忘れないでおこう」

こうしてローリエの婚約に関しては一応の決着を見せた。

時間は稼いだ。

王妃教育で得られるものはローリエの今後に必ずプラスになる。

あとはローリエの頑張りと判断に任せる。

情けない父親だが、それでも絶対に娘を守ると誓うのだった。

それと……彼への期待も多少は入ってるかな？

❄

「婚約者候補ですか？」

キョトンとするサーシャに俺は頷いて言った。

「ローリエにはセリュー様の婚約者候補になってもらう」

「あの……それって、正式には婚約者ではないのですか？」

「ああ、あくまで候補。表向きは婚約者として振る舞ってもらうが基本的には今までと関係性が大きく変わることはない」

「そんな前代未聞の出来事によく陛下が頷きましたね」

正確には頷かせたのだがそんな細かいことは言わない。

「まあ、向こうにも色々あるのだろう。私としてはローリエの婚約の見定めの意味もあっての提案だったのだけれどね」

「ふふ、旦那様はローリエに過保護ですね」

「もちろんだよ。ただ、ローリエがセリュー様を好きになったならそれも認める度量はあるよ」

まあ、父親としては歯ぎしりするほどに複雑ではあるけど、ローリエが好きになったのなら仕方ない。

子供の幸せを自分の都合でねじ曲げるのは本意ではない。

こうして時間稼ぎをしても乙女ゲームと同様にローリエはセリュー様を好きになってしまうかもしれないが、それならそれで構わない。

その場合に最悪の事態になりそうなら、ローリエを守るのは俺の役目だ。

「ちなみに隣で聞いてた王妃様は終始笑顔だったよ」

「王妃様らしいですね」

「ああ、面白いと言っていたよ。ただ王妃様からも提案を受けてね」

「提案ですか？」

「ああ、この婚約者候補という複雑な関係は公《おおやけ》にはせずにローリエには正式に婚約者になってもらったという風に吹聴《ふいちょう》することを提案された」

まあ、もともとそのつもりではあったので、構わないけどね。

王族としても外堀を埋めてローリエを押さえておきたいのだろう。

「あとは、ローリエに納得して頑張ってもらうしかないが……」

「大丈夫ですよ、旦那様」

そう笑ってからサーシャは自分のお腹《なか》に手を当ててくすりと笑って言った。

「あの子は私と旦那様の子供です。きっとどんなことでも受け入れて前に進む強さを持ってます」

「そうかもね……きっと、サーシャの優しい心も持ってるからね」

「ええ、旦那様の輝くばかりの光も持ってると思います」

そう笑ってから俺は先ほどのサーシャのモーションが少しだけ頭の隅に引っ掛かっていた。

まるで新しい命を予期しているような母性的な微笑み、まさかサーシャ……。

「どうかなさいましたか？」

「い、いや。なんでもない」

いやいや。

まさかそんな。

確かにここ最近更にイチャイチャしていたし、昨夜もサーシャの可愛い顔を何度も見たが……うーん、思い当たることが多すぎる。

これはまた新しい家族が増えるのも時間の問題かもしれないと思いつつ、その分サーシャを愛《め》でる時間を増やそうと決意するのだった。

まあ、ローリエも婚約で不安になるかもしれないからちゃんとケアしないとね。


「婚約者候補ですか？」

侍女《じじょ》のミリアが首を傾《かし》げる中で俺はローリエに説明する。

「公にはローリエはセリュー様の婚約者ということになるが、あくまで関係は婚約者候補のままにしてある」

「えっと……つまりお嬢様は基本的にはセリュー殿下の婚約者という扱いですか？」

「ああ、そうなる」

その言葉に驚くミリアを差し置いてローリエは言った。

「ということは、王妃教育なども受けるのですか？」

「そうだ。大変かもしれないが……できるかい？」

そう聞くとローリエは頷いてから言った。

「勿論《もちろん》です。絶対にフォール公爵家の娘として恥ずかしくないように行動します」

「ああ、期待してるよ。でも、もしローリエに好きな人ができたらすぐに言ってくれていいよ。その時は応援するから」

「はい、でも私はお父様より素敵な殿方を知りませんから」

なんとも嬉しい台詞《せりふ》だけど、段々大人になっていく娘に寂しさも感じるのは仕方ないだろう。

というか、この歳《とし》でここまで達者に口が回るのはきっと賢さの賜物《たまもの》だろう。

本当にハイスペックな娘に感心しつつも俺はミリアを見て言った。

「ローリエがセリュー様の婚約者〝候補〟というのは極秘の情報。故《ゆえ》に基本的には他言無用だ。屋敷の者でも信用できる者だけに私は話す。その意味はわかるな？」

「は、はい！」

「君にはこれからローリエの専属侍女として忙しく働いてもらう。大変かもしれないがローリエを隣で支えてあげてくれ」

「もちろんです！　お嬢様は命に代えても守ってみせます！」

心意気は立派だけど……。

「自分のことを疎《おろそ》かにするのは許さない。きちんと君が無事であってローリエを支えることを私は命令する」

献身《けんしん》は立派だけど、尽くされる側の気持ちも考えなければならない。

盲目的に何もかも尽くすというのは時に迷惑になりかねない。

それに優しいローリエの負担になっては困る。

そんな俺の台詞にミリアはパアッと顔を輝かせてから言った。

「わかりました！　このミリア。精一杯お嬢様をサポートさせていただきます！」

「うむ、頼んだぞ」

「はい！」

そうしてから俺はローリエを見て言った。

「無理をする必要はない。ローリエはローリエにできることをやればいい。辛《つら》かったら私やミリアに頼ってて構わない。だから安心してローリエはできることをしてくれ」

「はい。ありがとうございますお父様」

ローリエに重いものを背負わせたようで少しだけ不安になるが、娘を信じることにした。

きっとローリエなら大丈夫。

大丈夫じゃなければ全力で支えればいい。

だから俺はローリエと……これから輝く可能性を秘めた、彼の目を信じて自分のできることをしようと思うのだった。

「セリュー、お前の婚約者が決まった。ローリエ嬢だ」

父親である国王陛下からそう言われて、セリューは頷く。

「フォール公爵より伺《うかが》ってます」

「そ、そうか……それにしては落ち着いてるな」

タイミング的に先ほど帰ったカリスが直接セリューに結果を伝えたのは考えにくい。

事前に何らかの話し合いがあったのだろうと、母親の王妃は確信する。

「僕は王太子です。この国を将来導く者として覚悟はできてます」

真っ直ぐなその瞳には確かな熱があった。

憧憬《しょうけい》を……憧れを追い越すという熱が。

(ふふ、すっかり男の子になったわね)

この前まで、暗さが目立っていた我が子が、まだ幼いながらも男になろうとしている。

自分や姉のセレナでは拭《ぬぐ》えない兄への劣等感を自ら払拭《ふっしょく》し、晴れた瞳を見て一安心する母親とは対照的に、関わりが少ない父親は自分の知ってる息子でない、別人を相手にしているような気持ちになる。

「お前は……本当にセリューなのか?」

困惑がにじみ出るその質問に、セリューはこくりと頷く。

「はい、僕は僕です。この国の第二王子のセリューです」

「……そうだな。だが、何故《なぜ》か一瞬お前に公爵を重ねてしまった」

先ほどまでいた、この国になくてはならない男。

面白い存在でしかなかったが、気がついたら自分の手には余る存在になっていたあの真っ直ぐな瞳がセリューに重なった。

それが、久しぶりに話した今の息子への感想だ。

何かと多忙で、話すのも久しぶりになったが、そのわずかな時間で息子が染まったのは良く分かった。

「セリュー、何があった？　いや、何を言われた？」

その質問に……セリューは大切なものを抱くように胸に手をあてて答えた。

「信じて、託してもらいました。一人じゃないことも知りました」

セリューがカリスと話したのはつい先日のこと。

娘に意見を聞いた後、王城を訪ねてきたカリスにセリューは聞かれた。

『国王になりたいか』――と。

その問いにセリューは分からないと正直に答えた。

相手がカリスだから、本心が言えたのだろう。

兄の代わりに王太子になったが、父を見ていると考えてしまう。

家族と話す時間もほとんどない程に多忙なその背中を追いかけていいのかと。

頑張ってる父は凄いと思うが、自分も家族を持った時に、子供に今の自分と同じ思いをさせてしまうのではないかと感じてしまったからだ。

それに……。

『僕は……フォール公爵みたいになりたいです』

それが偽《いつわ》らざる少年の本心であった。

誰も悲しませない、その大きな背中に——追いつきたいと。

その言葉に、カリスは少し考えてから、セリューを密かに王城の一番高い場所へ連れていってくれた。

初めて見る、頂の景色にセリューは思わずはしゃいでしまうが、そんなセリューにカリスは言った。

『これが、あなたのお父上が背負ってるものです』

その言葉にセリューは驚いてもう一度眼下を見た。

見えない範囲まで、ずっと遠くまでを父が背負っている。

これだけの民を？

ゾクリと怖くなる。

そんなセリューをカリスは落ち着かせてから、また聞いた。

『もう一度聞きます。これを知っても私を追いかけますか？』

見渡す限りの無限の人。

父の背中と、憧れの背中。

少年は考えて考えて……ふと、見上げたカリスの優しい瞳を見て決心する。

『——はい！　父上を追い越して……フォール公爵みたいなカッコイイお父さんになりたいです！』

セリューは思った。

きっと、それこそが一番かっこよくて目指したいものだと。

その答えに——カリスは笑みを浮かべた。

『では、あなたがその理想を追い求める限り……私もお支えします。私はあなたを信じます。だから、どうか進んでください』

そっと、カリスはセリューの頭を撫でる。

姉や母以外では初めて頭を撫でられたことに驚いたセリューだったが、その大きくて優しい掌《てのひら》は心地よかった。

『セリュー様、忘れないでください。あなたは一人ではありません。私だけでなく、あなたのご家族もあなたを必要としてくれる。大切に思っていると』

不思議と胸に染み込む言葉。

『セリュー様はセリュー様、あなたはあなたの信じる道を迷わず進んでください。大丈夫。

その理想がある限り……何があっても私がお助けします』

そうこれだ——と、セリューは思った。

このすべてを包みこむような大きな優しさ。

それだけでなく、大切なものを絶対に守るという覚悟。

これこそ——自分の尊敬するカリスだと瞳を輝かせる。

『それと、分かりにくいかもしれませんが、あなたはご家族に愛されて、望んで生まれました。だから、その愛を感じて、覚えておいてください』

その後、カリスはローリエとの婚約と、婚約者候補という関係を説明したが、その時には自《おの》ずと答えは出ていた。

『僕は……ローリエ嬢に相応しい男になります！』

それは、男女の全てを知らない上に、これまでのカリスの言葉で熱くなっていた気持ち故の言葉だった。

あの不思議な胸の高鳴り。

ローリエへの無自覚な気持ちが出た故なのだが……それを知るのは言われたカリスだけ。

『なら、私とお父上を超えましょう。できますか？』

『はい！』


カリスとのやり取りはそれだけだった。

ゆっくりとその後も考えたけど、答えは変わらなかった。

恋心に気づかずに想い人に相応しくなりたいと叫んだ少年は紛れもなく一途《いちず》な気持ちを抱いた。

勇気を、優しさを、温もりを憧れの人に貰った。

そして、信じると言って貰えた。

セリューはそれだけで十分だった。

「父上」

セリューは真っ直ぐに父親の瞳を見た後に、ゆっくりと頭を下げて言った。

「僕はまだ未熟だから……どうかしばらくは先を歩いていてください」

「セリュー、お前……」

「父上、母上、姉さん」

いつの間にか入ってきていた母の隣にいる姉も含めてセリューは言葉を口にする。

「僕を……生んでくれてありがとうございます。愛してくれて……ありがとうございます」

「――！」

驚く父親の国王。

息子は……いつの間にこんなに大人になったのだと驚愕《きょうがく》をあらわにしていると、それに構わず母親と姉はセリューに抱き着く。

「馬鹿ね、そんなのこっちの台詞よ」

「そうね」

そう言ってから、母娘《おやこ》は自然と声を揃《そろ》えて言った。

「「生まれてきてくれてありがとう。愛してるわよ、セリュー」」

「──！　はい！」

少し涙ぐみながらも大きく返事をするセリュー。

そんな親子のやり取りを見ながら、父親の国王は自身の勘違いをまたしても突き付けられて苦笑する。

カリスは自らが遠く及ばない程の──子供想いの父親なのだろうと。

忙しさにかまけて、見てやれなかった息子を……これからは見ていこうとも決意する。

もっとも、そんな変革をもたらした張本人は流石にそこまでは見越していなかったのだが、それはそれ。

無意識であれ、最良をもたらせるのは才能かもしれないがそれは神のみぞ知ることだろう。

そうしてその日──とある少年と少女の婚約が決まった日に、一つの家族が救われたのだが、同時に少年が憧れを追い越すと決意をより新たにできたのであった。

❄

「面白い展開になったわね」

　例によってローリエを訪ねてきたセレナ様が、例によって普通に執務室に入ってきたのだが、最初の一言目がそれだった。

　俺は仕事の手を止めずに答えた。

「一番ローリエのためになりそうな選択肢を選んだまでです。仮にセリュー様がヒロインに惚れてもすぐに婚約破棄できるようにしてあげたんですよ」

「セリューがヒロインを好きになる可能性はないと思うけどねぇ」

「何が言いたいんですか？」

「あら、わかってるんでしょ。セリューがローリエさんに好意を抱いてることに」

　その言葉に俺はため息をつきながら答えた。

「ええ、良く知ってます。本人の口から聞きましたから。まあ、まだ自覚してるかはさておき」

「あの子も鈍感じゃないはずだけど……あなたの焚《た》き付《つ》け方のせいかしら？」

　否定はできない。

もう少しゆっくりでもよかったかもだが、何故かあの子に期待している自分もいる。

「だからこそ、これが最良でしょうね」

「ならこれはセリューにチャンスをくれたって認識でいいのかしら？」

「選択権はローリエにありますから。ローリエが好きになった人と結婚するならセリュー様でも構いません」

本当は複雑な気持ちがないこともないが……今のまま育って一途なら認めてしまうかもしれない。

まあ、そんなこと口にはしないけど。

「私よりもむしろ、あなたがセリュー様を焚き付けたんじゃないかと睨《にら》んでたんですがね」

「焚き付けたなんて人聞きの悪い。私は弟の背中を押してあげただけですよ」

やはりセリュー様にきっかけを作ったのは彼女だったか。

まったく面倒なことをと思っているとセレナ様は笑って言った。

「まあ、何にしてもこれで乙女ゲームのフラグは順調に立ってるみたいね。もっともピースの色は微妙に違うみたいだけど」

「ええ、ストーリー通りにヒロインが来ても対処はできます。問題は電波系ヒロインの時ですけど」

「そんなの来たら流石に弟の嫁にはしたくないわね」

「ブラコンなようで何よりです」

なんだかんだで弟に構う姿に少なからずそういう感想を漏らすとセレナ様はニヤリと笑った。

「嫁、娘達依存症の人には言われたくないわね」

「うちの嫁と娘達を薬物扱いは許しませんよ」

「あら？　でも間違ってないでしょう。にしても今日はえらくすんなりここに入れたけどもしかして待ってたのかしら？」

「ええ、ローリエの婚約パーティーのためのドレスをお願いしたかったので待ってました。どうせからかいにくるだろうと思いましてね」

だからわざと警備を薄くして、入ってきやすくしておいた。

ローリエとセリュー様の婚約パーティーが陛下主催で行われるので、そのためのドレスを用意したかったからだ。

そんな俺の言葉にセレナ様は苦笑して答えた。

「なるほど、やっぱり油断できない人ね。まあローリエさんのドレスなら気合い入れてやりましょう」

「ええ、お願いします」

娘の婚約パーティーと聞くと何とも複雑な気持ちにもなるが……可愛いドレスのローリエは実に楽しみ。

我ながらかなり単純だが、娘が頑張るのだから俺もより一層頑張らないとね。

日々精進。

❄

「あうー」

「……よしよし」

バジルを抱っこしながらあやすユリー。

なんだかその姿が物凄く様になっており俺は思わず聞いていた。

「随分《ずいぶん》とバジルはユリーになついたね」

「……そうですか？」

「あ、私もそう思います。それになんだかユリー楽しそうに見えますし」

隣でミントをあやすレイナも同じ感想なのかそう口を挟むので、俺はバジルに近づくと苦笑して言った。

「幼い頃からこんなに女ったらしだと将来心配になるな」

「……大丈夫です。バジル様は」

「そうかな？」

「……はい。バジル様は良い子に育ちます」

なんだか知らないうちに随分とバジルにご執心になっているユリー。

少し驚くが、まあきっとそれだけうちの息子のバジルが魅力的なのだろう。

俺としてもこの子は母親に似て美形になるだろうし、将来が楽しみだ。

将来か……今はとりあえず健康に育ってくれるのが一番の願いかな？

無論、ローリエとミントも元気に育って欲しいという親心。

これだけは譲れないよね。

バジルの次に、同じ部屋にいるミントに近づくと、ミントは俺が近づいただけで嬉しそうにはしゃいでくれた。

レイナから抱っこを代わってもらうと俺の頬に指をさしてきて嬉しそうに笑ったので、それに思わず微笑んでいるとレイナが微笑ましそうに呟《つぶや》いた。

「ミント様はカリス様のことが本当にお好きですね」

「レイナも使用人の中ではなつかれているだろ？」

「私なんてまだまだです。もっとミント様のお役に立ちたいのですがなかなか上手くいきません」

ミゲルといい、この子といい、真面目というか、向上心が高いというか。

まあ、だからこそお似合いの二人なのかもしれないな。

ちなみに、バジルは母上やユリー以外にはあまりなつかない傾向にある。

母上とユリーが独占してるからかもだが、父親としてはもう少し息子になついて欲しいところ。

頑張ろう。

反対にミントは人なつっこいのか、誰が相手でも嬉しそうだ。

天使のようなその純真な笑みが最高に可愛い。

我が家の長男ということで、使用人の人気の高いバジルだが、その愛らしさから、ミントのお世話係をしたいという人間は少なくない。

いや、むしろミント付きの侍女希望者はバジル付きの侍女に負けてない倍率と言える。

そんな中で、レイナには特に頑張って貰っているので感謝しかない。

だからこそ、俺は言った。

「なら、ミントが大きくなるまでは見守ってほしいかな。古くからの使用人というのは大きな支えになるからね」

「カリス様……はい！」

「あ、でも……レイナが結婚したら好きにして貰っても構わないよ。好きな人と一緒に独立しても、うちの使用人として残っても良いし、なんだったらうちで子育てしても良いしね」

「えっと、できれば私はミント様のお側《そば》にいたいのですが……彼がどう言うか」

「大丈夫だよ。今度相談してみればいいさ」

「はい……」

「それにしても……もしかして何か進展があったのかな？」

そうして俺はレイナとミゲルの甘酸っぱい話を少しばかり聞くのだった。

なお、隣でバジルを抱っこしながら微笑むユリーの姿に少しだけ将来的なバジルとのフラグを感じたのは内緒だ。

まあ、それならそれできちんと応援しようと思う。

息子が選んだ相手なら文句はないしね。

第八章 新しい命（それとその他諸々）

ローリエとセリュー様の婚約パーティーは小規模に行われた。

陛下主催とは言え、本当は婚約ではなく、婚約者候補のままなのでその情報をあまり公《おおやけ》にしないためだ。

もっとも、表向きには婚約する二人があまり大々的にやることを望まなかったということにしてあるそうだが。

「あ、あの……フォール公爵」

挨拶《あいさつ》を終えてから話しかけてきたのはセリュー様だ。

俺相手だからなのか、まだ多少遠慮《えんりょ》気味だけど、前よりも不思議と大人びた目をするようになったと思う。

この子はきっと大物になれる。

そんな予感を抱くが、それでもまだまだ子供なのだから、過度に期待をかけ過ぎないようにしないと。

見極め、支え、育てる。

まだ子供なんだし、時間は作ったのだから、これからだな。

「セリュー様。いかがなさいましたか？」

「実は、ご相談したいことがあるのですが……」

「相談ですか？」

「はい、ここでは少しだけ困るので外でよろしいでしょうか？」

ここで主役と共に抜けるのはあまり良くないが、幸いローリエはセレナ様と楽しく話しているし、サーシャに関しても王妃様がいるので問題ないだろう。

万が一に備えて警備の方にも手を回してある。

ここでは話しづらい内容というのは少し気になるし行くべきか。

「わかりました。行きましょう」

その言葉に頷《うなず》いてから俺とセリュー様は外に出る。

誰もいないことを確認してから、セリュー様は頭を下げて言った。

「この前はありがとうございました」

ローリエとの婚約について話した時のことだろう。

しかし、俺としては感謝されるようなことは何もしてない。

子供に重いものを背負わせたのと同じだ。

それでも、言わずにはいられなかった。

周囲が思っている以上にこの子は大人びており、賢い。

しかし、危うさも大きかった。

家族との不和。

これは主に父親とのコミュニケーションが足りてなかったからだろうけど、それを軸にして、兄へのコンプレックスもあったのだろう。

自己評価の低さと、自信の無さが足枷《あしかせ》になっているのは間違いなかった。

だからこそ、俺は小さくても自己肯定をさせたかった。

その上で、一人じゃないと言っただけだ。

単純で大切で、忘れがちなことをただ教えただけだ。

「頭を上げてください。私は、セリュー様に負担を強《し》いただけですので」

「いいえ、負担ではありません。フォール公爵のお陰で見えたものが……欲しかったものが見つけられました。だから、感謝したいんです」

心からの笑顔。

なるほど……この子の憂《うれ》いは少しは晴れたらしい。

だったら、俺のお節介も無駄ではなかったのかもしれないね。

「婚約に関してもお礼を言いたかったんです。僕達のことを思ってこの形にしたことも嬉しかったです」

九割愛娘《まなむすめ》のためだが、セリュー様にとっても時間は必要だ。

……まあ、この子の心の中に本人が気づいてないローリエへの気持ちがあるのは間違いないが。

「私は父親として娘に過保護になっただけですよ」

「はい、それでも嬉しいです。ローリエ嬢のような方が僕の側《そば》にいてくれるなら、僕はきっと迷うことなく道を進めます」

「なら、それはローリエに伝えてください。私はあくまでローリエの父親ですから」

そう言うとセリュー様は微笑《ほほえ》んで言った。

「それに、僕も僕の目標をしっかりと目指せます。フォール公爵。僕はあなたのようなカッコイイ人になりたいです」

知ってますよ。

この前も直接言われましたから。

「私は、守る家族のいる普通の一家の父親ですから」

「ええ、分かってます。そんなあなたのような人に――僕はなりたいです」

真っ直ぐな曇りなき瞳。

俺はそれを見て……無意識に口角を上げて言った。

「ならば、私を超えてみせてください。そして――私以上にカッコイイ大人になれたのなら、娘もあなたと共にその先を歩むでしょう」

ローリエが思わず惚れるような男になれ――。

そんな言葉に更に笑みを浮かべるセリュー様。

……我ながららしくないことを言ったが、全てはローリエ次第。

だから、これはただのアドバイスだ。

俺はこの少年の師でもあるので、多少は真っ当に育って欲しい。

いや……そんな想像を軽々と超える男になって欲しいのかもしれないな。

「セリュー様の歩く道。楽しみにしてます」

「はい！　頑張ります！」

「それで、話とはこれだけでしょうか？」

「あ、いえ、もうひとつだけお話が」

そう言ってから少しだけ真面目な表情になってからセリュー様は言った。

「実は姉さん……姉のセレナのことで少しだけご相談したいことがありまして」

「セレナ様ですか？」

「はい。なんだか最近姉さんの様子が変なんです」

❋

「珍しいですわね、あなたが私に声をかけるなんて」

ローリエとセリュー様の婚約パーティーの翌日、当たり前のように我が家に来たセレナ様を呼び出して俺はお茶まで出していた。

出したお茶をセレナ様が飲むのを見ながら俺は率直に聞いた。

「単刀直入に聞きましょう。最近こそこそと裏で何をしているのですか？」

「何の話ですか？」

「ここ最近あなたがコネを増やして何かを探されていると聞きましたので、ご協力できればと思いまして」

セリュー様からの相談内容は、セレナ様がここ最近知らない人と何やら真剣に話しているので、なんとなく不安というものだった。

少し調べたら服の素材を色々と探しているようだったので少し気になって、そう聞いたのだ。

別にセレナ様を心配する必要はないが、姉を想う弟の気持ちは無視できない。

それにセレナ様に関しては、こちらから恩を売っておくに越したことはないだろう。

俺の言葉にセレナ様はしばらく考えてから頷いて言った。

「なるほど、あなたに余計なことを吹き込んだのはセリューですね。それにしてもあなたからそんなことを言われるとは思いませんでしたわ」

「お互い転生者同士。仲良くするに越したことはないでしょう？」

「仲良くねぇ……心にもないことを言うものではありませんよ？　あなたはいざとなったら私を切り捨てる覚悟もあるのでしょう？」

「ええ、否定はしません」

なるべく穏便《おんびん》に済ませたいけど、敵となったら排除は当然。

転生者といえど、俺の家族に手を出すようなら敵になる。

まあ、そうは言ってもこれから先もセレナ様の裁縫《さいほう》スキルにはそこそこ期待しているので、仲良くするに越したことはないとも思ってる。

実際これまでローリエとサーシャのために作ってもらったドレスはどれも従来のものより質が良かったので、二人の輝きには必要になるだろう。

「あなたにまた借りを作ることになりますが、確かに私のコネクションではそろそろ限界でしたの。お手伝い頂けるなら助かりますわ」

「ええ、タダとは言いませんがそれなりの結果をお約束しましょう」

「そう、ありがとう。そろそろファッションを現代寄りにできないか模索《もさく》していたのよ」

「現代寄りに？」

そう聞くとセレナ様は頷いて答えた。

「この世界は皆ドレスとか綺麗《きれい》なものを好むけど、和服みたいなスタイルもあってしかるべきだと思わない？」

「作れる算段がついたのですか？」

「ええ、まだまだ課題は多いけどね。気になるなら試作品を持ってきましょうか？　ローリエさんと、サーシャさんの分ならすぐに手配できますよ」

ローリエとサーシャの和服姿か……想像するだけでどれほど素晴らしいものかわかる。

惜しむらくは俺が着物の着付けができないことだろうか？

一度ほどいたら結べないんだよね。

自分にもっとその手の知識とスキルがあればと心底思う。

そうすれば二人を好きに着飾れるのに。

今からでも教わるべきか？

知るためならセレナ様に頭を下げるのもやぶさかではないが……服を作ってもらうよりも高くつきそうだし悩み所。

そんな感じでセリュー様の悩みは杞憂《きゆう》に終わったのだった。

✻

「えい！　えい！」

本日も元気に素振りをするセリュー様。

基礎的な部分ができていても、それらの修練を怠《おこた》ることはできない。

己を高めるために必要なそれを分かっているのだろう。

セリュー様を見てから俺はもう一人に視線を向ける。

「マクベスくん、もっと集中しなさい」

「分かってますよ……ただ、俺は別に剣術なんてそこまでがっつり極める気はないんです」

そう、本日からセリュー様と同じ時間にもう一人生徒が増えた。

宰相《さいしょう》の息子であるマクベスだ。

宰相と姫様（九割セレナ様だが）からの打診で預かった生徒はあまりやる気のない瞳で中途半端に素振りをする。

確かにこの子には将来的には宰相になってもらうが、自衛くらいはできてくれないと困る。

これからの時代は文武のどちらが欠けても宰相として致命的になりかねない。

しかし、この子のモチベーションが上がらない理由は分からなくない。

ふむ、どうするか。

これまでの生徒はやる気満々の向上心ＭＡＸな子達だったので、新鮮なタイプの教え子の扱いを少し考えてから決めた。

「よし、ならマクベスくんには勝負をしてもらおうか」

「勝負？」

「うん、君が勝負に勝てたらこれから先の授業は大目に見よう。ただ、負けたら頑張ってもらうけどね」

「あなたを相手に？　勝てるわけないでしょ」

「ええ、私と戦うと実力差がありすぎますから。そんな大人げないことはしません。勝負をする相手は……セリュー様。お願いします」

そう言うと予定の本数を軽々とこなして余裕のあるセリュー様は笑顔で頷く。

「分かりました。頑張ります」

「よろしくお願いします。たまには私以外の相手と戦ってみたいでしょうし、準備運動くらいにはなるでしょう」

「いやいや、なんですでに俺が負ける前提なんですか。流石《さすが》に王族の方に後れはとりませんよ」

「だと、いいですね」

予想が正しければ、目の前のマクベスはおそらく天才、いや秀才の部類に入るのだろう。掌《てのひら》には軽いマメができているので、こうしてスカしておきながら陰で努力をするタイプなのだろうが、本物の努力をする天才には及ばないだろう。

俺の挑発にも取れる言葉にしばらく黙ってからマクベスは頷いて言った。

「……わかりましたよ。やりますよ。ただ、怪我《けが》しても知りませんよ」

「と、いうわけで、お願いできますか？　セリュー様」

「日々の教えを活かします」

「ええ、存分に力を奮《ふる》ってください」

ここ最近、俺と剣術の訓練と称して何度も打ち合ってるセリュー様には、温《ぬる》すぎるゲームだろう。

しかし、こうして自分の強さを知ることも訓練の一環だ。

マクベスには悪いがサンドバッグになってもらおう。

自分の力量と相手の力量を把握できなければ戦いでは死ぬ。

まあ、セリュー様が戦場に出ることはないだろうが、強くなるに越したことはない。

攻略対象を強くするデメリットもあるにはあるが、それはそれ。

強くなれば考え方も変わるきっかけを与えられるかもしれないし、何よりそうなっても俺が負けなければいいだけのこと。

今のセリュー様には無用な心配だろうけどね。


「それでは準備はいいですか？」

木刀を構えて立つセリュー様とマクベス。

その中間でいつでも止められるように審判をする俺は、二人の様子を見てから開始の合図をする。

「それでは……はじめ！」

その言葉で真っ先に動いたのはマクベス。

先手を取って確実に勝利したという微笑みを浮かべて真っ直ぐに喉元《のどもと》を狙ってきた。

突き技で怯《ひる》ませて終わらせる作戦なのだろうが、セリュー様はそれを完璧に見切ってギリギリで避けて横から一閃《いっせん》する。

「ぐっ……」

なんとかそれを回避したマクベスに対してセリュー様はあえて追撃をせずに構えを直した。

わざとマクベスに余裕を見せて、実力差を教えてあげたのだろう。

セリュー様の行動に、マクベスは少しだけ目を細めてから一気に間合いを詰めて下段からの一太刀を浴びせようとする。

その一撃をセリュー様は完璧に見切ってから、あっさりと避けて木刀を持つ手を狙う。

セリュー様の一撃に木刀を落としたマクベスを見て、セリュー様は木刀をマクベスの喉元に突きつけて言った。

「えっと、とりあえず僕の一勝です」

「……のようですね」

「一応、聞きますがまだやりますか？」

「ええ、負けっぱなしは癪《しゃく》なのでせめて一勝します」

「だそうです、フォール公爵。すみませんが……」

その言葉に俺は頷いて言った。

「気のすむまでやって諦めたらいい。賭《か》けはセリュー様の勝ちですから、ここからは好きにやって構いませんよ」

「ありがとうございます、フォール公爵」

「と、いうか最初の突きで完全に勝ったと思ったんですがね」

「ああ、確かに素晴らしい突きでしたが、フォール公爵の速度に慣れるとなんてことありませんよ？」

その言葉にマクベスは呆《あき》れたようにこちらに視線を向けてきた。

「本当にとんでもない人なんだな。《鬼神《きしん》》って呼ばれるのも納得できる」

「その呼び方をどこで……いえ、どうせセレナ様から教わったんですね」

基本、この国では《剣鬼《けんき》》と呼ばれているカリスさんだが、活躍した場所によっては少し名前が変わったりする。

《鬼神》というのもその一つだ。

敵軍を一人で蹴散《けち》らした姿を相手がそう呼んだそうな。

どっちみち戦うカリスさんは鬼のように見えるみたいだな。

眠くて少し目つきが怖かっただけだと思うんだけどね。

まあ、それはそれとして……。

「昔騎士団にいたんですよね？　流石はフォール公爵です。貴族でありながら剣術の腕も最強クラスなんて憧れます！」

そんなキラキラした瞳を俺に向けてくるセリュー様。

この純粋な瞳が俺を目標にしていると思うと、情けない姿は見せられないけど……それはそれとして、人から過剰《かじょう》によいしょされるのは苦手かもしれない。

そんな風に俺が苦笑を浮かべていると、マクベスは苦笑して言った。

「ま、なんとなく殿下が憧れる気持ちは理解できましたよ」

「そうでしょう！　フォール公爵はとても素晴らしいお方なんです！」

「そ、そうですね。殿下ほど心酔する気持ちはわかりませんが」

ちょっとひいてるマクベス。

うん、その気持ちはわからなくない。

なんだって、こんなに子犬のようになついてくるのか、知ってても時々わからなくなるもの。

それで情が移ったのかどうかは定かではないけど、確かに前よりセリュー様のことを受け入れている自分がいるのは確かだ。

真っ直ぐ育って欲しいものだ。

❄

「ゆいー」

それは、ミントとバジルが生まれてから一年が経《た》とうとしていた時だった。

すでにつかまり立ちをマスターして活発になっている頃。

その場にそのタイミングでたまたま居合わせたのだが、侍女《じじょ》のユリーに確保されてからユリーを見ながら発したのがその言葉だった。

隣でミントの世話をしていたレイナも聞いていたのか驚いていた。

そんな様子を見て、俺はレイナを見て思わず聞いていた。

「もしかして、今バジル喋《しゃべ》ったのか？」

「みたいですね」

「しかもユリーの名前を最初に言うとは……」

「まあ、この一年で一番バジル様のお側にいたのがユリーですから」

そう、ユリーがこの一年、バジルの面倒を率先して見ていたのは周知の事実だ。

寝る以外のほとんどの時間をバジルの世話に費やしていたことは知っていた。

無論、休みもちゃんとあるクリーンな職場なのだが、休みの日でもユリーはバジルの元にいたがった。

気持ちは非常に分かる。

俺も愛する家族の側にいた方が心は休まるし、ユリーにとって、バジルがとても大切な存在になっていたのだろう。

そんな献身的なユリーが、真っ先に名前を呼んで貰えた。

凄くいい話だし微笑ましい。

まあ、それでも最初に名前を呼ぶ相手がユリーなのは少しだけ親としては悔しくはある。

いや、俺しかこの場にいなかったのはある意味奇跡かもしれないいな。

今はいないが定期的に来るようになった母上が同席していたら……考えるだけでユリー

が危ないかもしれない。

事後報告なだけマシだといいが。

「ゆいー」

「……はい。バジル様」

にぱーと、笑うバジルにユリーは乏《とぼ》しい表情ながらも嬉しそうに微笑んだ。

「……ありがとうございます。バジル様。凄く嬉しいです」

「ゆいー、ゆいー」

「……はい。バジル様」

なにやら二人だけの空間が形成されている。

そんな様子に少し驚いていると、こっそりとレイナが教えてくれた。

「ユリーはああ見えて可愛《かわい》いものが大好きなんです。この屋敷に来てバジル様の専属侍女を務めてから愛《め》でる対象がバジル様に集中しているようで、この通りです」

「そうか……まあ、それはいいが、大丈夫なのかな？」

「大丈夫です。ユリーだって自分が侍女ということは理解しているはずです。おかしな真似をすれば私が止めます」

「頼りになるね。まあ、私としてはバジルが適齢期になって二人がそういう仲になるなら否定はしないがね」

ここまで溺愛《できあい》されたバジルが果たしてユリーと恋仲になるかはわからないが、まあそうなったらそうなったで、仕方ない。

別にバジルが選んだ人なら基本的に誰でも否定はしない。

同性なら子孫という観点で当主としては少し悩むけど……流石にそれはないだろう。

俺の言葉に少しだけ驚く様子を見せたレイナ。

まあ、貴族家の当主としては甘すぎるからなぁ。

これ以上の地位や名誉が国王の位しかないからこそ、逆にそのくらいが丁度いい。

さてと。

話を変えるために俺は聞いた。

「ところで、最近はどうなの？」

「どうとは？」

「ミゲルとの仲だよ。進んでる？」

「そ、それはあんまり……」

「そうか。まあ、焦らずじっくりやるといい。応援してるよ」

そう言ってから俺はミントを抱っこしてから、可愛い娘の相手をする。

バジルはユリーに取られてしまったので、ミントだけは可愛がろう。

そう思い抱っこするとミントは嬉しそうに笑って言った。

「ぱ、ぱ」

「……レイナ。聞き間違いかな？　パパと聞こえたような気がするが」

「気のせいではありませんよ。カリス様。ミント様がきちんと言葉を発しました」

「そうか……ありがとう、ミント」

「あうー」

やっぱり出てくる言葉が、感謝しかないのは仕方ないことだろう。

こうして子供達は少しずつ大きく成長していくのだった。


「バジルとミントが言葉を話したのですか？」

夕飯の席にて、驚いたようにそう言うサーシャ。

最近は部屋を移してサーシャも前のような生活に戻ってきているが、それでもちょくちょく様子を見に行ってるので驚くのだろう。

「ああ、バジルは侍女のユリーの名前を。ミントは私のことを呼んでくれたよ」

「そうですか……嬉しいですが、私はまだ呼ばれてないので少しだけショックです」

「お母様、私もです。後で部屋に行ってお姉ちゃんと呼ばせてみせます」

そして、ローリエもまたここ最近になってさらに大きくなった。

だんだんと素敵な女の子として育っている我が愛娘。

最近は王妃教育のために城に行く頻度が増えた。

大変そうだが、本人はかなり楽しんでやっているようなので一安心である。

「そういえば、お父様。今日何やらまた知らない方がお父様の剣術の授業にいましたが、新入りさんですか？」

「ん？　ああ、ビクテール侯爵の息子さんだよ。前から指導をしていたんだけど、今日からこっちに定期的に通ってもらうことになったんだ」

本来の乙女ゲームであれば、ローリエには義理の弟がいた。

ゲームでサーシャが亡くなった後（はらわたが煮えくり返る気持ち）、俺の後妻（考えるだけで鳥肌と嫌悪感《けんおかん》と、イライラが募る単語）になる予定だった相手の子。

その子はビクテール侯爵家にいた。

名前はマスク。

色々あって俺が剣術などの面倒を見ることになったのだ。

「そうなのですか。なんだか凄く熱心にその方を見ている侍女さんがいたのですが」

「ああ、うん。その彼の侍女だね」

マスクの侍女にはメリーというショタコンの気《け》が強い少女がいる。

……なんか、前会った時よりもショタコン具合に拍車がかかっていたがそれはそれ。

適齢期に相思相愛なら文句は言うまい。

子供から大人になってから恋愛を始めましょう。

二人の関係が、これからどうなるのか多少気にならなくもないが、やぶ蛇はごめんなので静観することにする。

「そうそう、お母様。王妃様が近いうちにお茶をしたいと仰《おつしや》っていたんですが……ご予定は大丈夫ですか？」

「ええ、いつでも大丈夫ですよ」

「大丈夫なのか？　なんだか最近顔色が良くないように見えたが」

「大丈夫です、旦那様。少し気分が優れないだけです」

「もしかしてと思うけど……吐き気とかの体調不良と酸味が欲しくなったりしないかな？」

そう聞くと、サーシャは少しだけ心当たりがあるのか視線を逸《そ》らして言った。

「少しだけです」

「そうか。念のため医者を呼ぶ方がいいかもしれないな」

「だ、旦那様。私は大丈夫です」

「いや、あくまで可能性だけど……もしかして、サーシャ妊娠したんじゃないかな？」

初期症状がそっくりだし、そう考えると色々と当てはまるものが多い。

前回のことを思い出しながらそう言うと、サーシャはキョトンとしてから思い当たるのか呆然《ぼうぜん》として言った。

「た、確かに似てますが……」

「まあ、凄く愛してしまったから当然の結果なのかもしれないけど……もしそうならありがとう、サーシャ」

「旦那様……はい」

「お母様。おめでとうございます」

「気が早いわよ、ローリエ。でもありがとう」

病気の可能性もあるが、もしそうなら何がなんでも治してもらう。

でも、きっとこれは新しい命の誕生だろうとなんとなく確信するのだった。

❄

「奥様はご懐妊なさっておられますね」

俺の意識では二度目のその言葉にガッツポーズを取りそうになりつつ頷いて言った。

「ありがとうございます。何か気をつけることはありますか？」

「フォール公爵でしたら、問題ないと思いますよ。今まで見てきてここまでお子様と奥様に積極的な方はいらっしゃいませんでしたから」

そこから、前と同じような説明を受けてから医者を帰して二人きりになると、俺はサーシャを優しく抱き締めてから言った。

「ありがとうサーシャ。また大変かもしれないけど、一緒に頑張ろう」

「旦那様……私は大丈夫です。それにこうして子供がいると安心できるんです」

「安心？」

「はい、だって旦那様が私を愛してくれたことの結果が常に側にあるのです。これほど安心できることはありません」

大変な出産にこうして前向きになれるサーシャはやっぱり凄い。

そして最高に女神だ。

「しかし、これでミントとバジルも姉と兄になるのか」

「まだ二人は幼いですし、分かるのはもう少し先になりそうですね」

「まあ、そうだね。とりあえず今日からサーシャはしっかりと休むこと。いいね？」

「はい。分かっています。あの……旦那様」

しばらくもじもじとしてからサーシャはポツリと言った。

「信じてます。旦那様が……う、浮気をしないと」

「当たり前だけど、誰からそんなことを吹き込まれたのかな？」

「お、お義母様《かあ》から。男は女の妊娠中に愛人を作りやすいと」

余計なことを言ってくれた母上には後々色々文句を言うとして。

俺はサーシャに微笑んで言った。

「大丈夫だよ。私が生涯で愛すると決めたのは……サーシャ、君だけだからね」

「旦那様……私も同じです。私は……旦那様を生涯お慕《した》いしております」

「そうか、ありがとうサーシャ」

「こちらこそです」

そう微笑みあってから、そっと口づけを交わす。

深く繋《つな》がるものではなく、優しくついばむようなキス。

そうして見つめあってから、サーシャは俺に寄りかかってきたので、それを優しく迎えてこの時間を楽しむ。

ドアの外でジークが仕事を持ってこようとしているが、このイチャイチャした時間を壊せばどうなるか分からないような愚《おろ》か者《もの》ではないので存分に堪能《たんのう》する。

前よりも、サーシャと近い気がする。

昔よりも、サーシャとの心の距離がほぼ寄り添ってるのが分かる。

なるほど、これが幸せか。

そんな風にして俺もサーシャも、新しい家族の存在をおおいに喜ぶのだった。


「まあ、サーシャが妊娠したの」

サーシャの妊娠が発覚してから翌日。

孫を可愛いがりに領地からわざわざやって来た母上にサーシャが妊娠した件を一応、報告してみたものの、大して驚かれなかった。

「なら、サーシャにお祝いしないとね」

「あまり驚かないのですね」

「ええ、今のあなたなら年に一回サーシャと子供を作っても驚かないわよ。年中発情期みたいなものでしょう？」

「失礼ですね。サーシャにそこまで負担はかけませんよ」

何度経験しようと、出産とは命懸《いのちが》けだ。

一つの新しい命を生み出すのが楽なわけなく、軽々しく考えてはいない。

だから、きちんと考えてはいるのだが……サーシャ自身がもっと家族を欲しがるのなら、俺としても頑張りたい。

夫として、父親として頑張る。

それにしても……母上は俺のことを何だと思っているのやら。

年中発情期？　何それ？

性欲なんてものはサーシャを可愛がる手段の一つでしかない。

快楽なんて二の次。

結局サーシャを愛でることができるならなんでもいいのだ。

年中発情期なんて称号はいらないのです。

「それもそうね。でも、それなら尚更《なおさら》孫の面倒を私が見ないといけないわね」

「いえいえ、母上。私もおりますから」

「あなた一人で三人の子供の面倒を見て、サーシャをサポートできるのかしら？」

「当たり前です。それに家には優秀な使用人もいます。家族に寂しい思いはさせませんよ」

そう言うと母上はふと、思い出したように言った。

「そういえば、バジルの侍女……ユリーといったかしら」

「ええ、母上よりもバジルになつかれてますね」

「あなたも負けてるでしょうに。それにしても、あの子が将来的にバジルを狙わないか不安だわ」

「杞憂だと思いますよ」

「本当にそうかしら？」

まあ、その可能性は俺も考えたけどね。でも俺の答えは決まっている。

「たとえそうでも、バジルが選んだ人なら応援しますよ」

「本気？　使用人なのよ？」

「身分の差なんて関係ありませんよ。好きになってしまうのが恋というもの。少なくとも私はバジルが本気で好きになったならそれを応援する義務がある」

「同じことが、ローリエやミントにも言えるのかしら？」

「ええ。もちろん」

ローリエが王子ではなく、どこかの使用人や平民を好きになったとしても全力で応援する。

ミントもそうだ。

もちろんそいつがロクでもない奴ならダメだが、少なくとも大切にしてくれる人なら、幸せになれるなら認めるのも親の役目だ。

複雑な気持ちはあるがいつか子供は巣立つもの。

だから笑顔で背中を押すのも父親としての役目だろう。

俺の言葉に母上はため息をついて言った。

「そう。なら私からは何も言わないわ」

「そうして貰えると助かります」

「ただ、もしそうなったら私は全力で我がフォール公爵家の嫁に相応《ふさわ》しいように教育をしますからね」

「ええ、杞憂だと思いますがね」

子供の将来なんて大人の思い描くようにはいかないものだ。

それでも健やかに幸せに育ってくれるならそれ以上は望まない。

俺とサーシャの子供が幸せに生きていてくれればそれ以上に嬉しいことはないだろう。

だから、三人……いや、お腹《なか》の中の四人目にも言いたい。


——どうか健やかに育ってくれ——と。

❄

「お父様！」

今日も今日とて、攻略対象に剣術を教えているときにそれは起こった。

ローリエの姿をしたそれは慌ててこちらに駆け寄ってきて言った。

「お母様が大変なのです！　すぐにお部屋に！」

「そうか。わかった」

そうして俺が背中を向けると、それはナイフのようなものを取り出して、背後から俺を狙ってくる。

完全な不意打ちのはずだったそれを……俺は普通に避《さ》けてから片手で地面に押さえつけて言った。

「おいおい、わざわざうちの娘を真似てやることが暗殺かい？」

「お、お父様何を……」

「私は君の父親ではないよ。娘のローリエの姿を真似ようと私にはすぐにわかるからね」

確かに見た目はローリエにそっくりだ。

声も近いし普通なら騙《だま》せるだろう。

だけど……。

「相手が悪かったね。私は子供達とサーシャの見極めに関してはかなりの眼力を持ってるんだ」

チラリと攻略対象を見ると皆唖然《あぜん》とした表情をしていた。

「フォール公爵。その人はローリエ嬢ではないのですね？」

唯一、婚約者のセリュー様は俺の行動でその結論に至ったようなので、頷いてから言った。

「私は今から屋敷の中を調べます。皆はこのままここで訓練を続けてください」

「お一人で大丈夫ですか？」

「ええ。問題ありませんよ」

「……どうして気付いたの？」

そんな会話をしていると、ローリエの姿をしたそれはそんなことを聞いてきた。

「だから言っただろ？　君の変装は確かにレベルが高いけど、私は愛する者を間違ったりはしない。そもそも本物のローリエなら服の下にそんな物騒な物を隠したりはしないよ」

「……それで？　私をどうするの？　殺す？」

「まさか。子供を殺したりなんてしないよ。だから一つ提案。私に雇われないかな？」

「なんですって？」

「君のお仲間も一緒にね。君、孤児でしょ？　行く当てがなくて、こんなことしてるなら、私の元に来なさい。仲間が不安ならその子達も助けてあげよう」

どういう経緯でここに来たのか大雑把《おおざっぱ》に推察する。

すると、当たっていたのか、驚いてフリーズするその子。

俺はその子に微笑んで言った。

「大方君の雇い主はマッシュ伯爵辺りだろう。最近ローリエとセリュー様の婚約でかなり頭にきてたみたいだしね。少なくとも彼よりも厚遇を約束しよう。私を襲ったことも水に流しても構わない」

「なんでそこまで……」

「子供の過《あやま》ちを許して正すのも大人の役目ってね」

そう笑いかけるとその子は俯《うつむ》いてからポツリと言った。

「お願いします……私達を助けてください」

「ああ、構わないよ」

「屋敷に忍び込んだのは私を含めて四人です。私はどうなっても構いません。だからその子達を助けてください」

「大丈夫だよ。私は約束は守るからね」

念のため保険をかけてその子を連れて屋敷に戻る俺。

一仕事やるしかないいな。


「カリス様。侵入者を捕らえました」

サーシャの部屋の前に着くと、丁度サーシャの侍女が侵入した子供の一人を縛っているところだった。

「ご苦労様。こちらで引き取るよ」

「……その後ろの子供達はよろしいのですか？」

途中で回収してきた二人を合わせて合計三人の子供を見てそう聞いてきたので、俺は頷いて言った。

「大丈夫。話が通じる相手のようだからね」

「オレンジくん！」

「……ナナミ。どうしてここに？」

最初に俺を襲撃してきたローリエそっくりの子供が話しかけると、反応を示すその子に俺は微笑んで言った。

「簡単だよ。君達の雇い主が変わることになったから迎えにきたんだ」

「どういうことだ？」

「えっとね。この人が私達を助けてくれるそうなの」

「そんなあっさり信じたのか？　罠《わな》かもしれないんだぞ」

警戒するその子にローリエそっくりの子は頷いて言った。

「罠なんてなくてもこの人は私達を一瞬で殺せるよ。実際最初の襲撃は全部失敗してるのにこうして生かされてるのがその証拠だよ」

「……それもそうか。どのみち捕まったからには何をされても文句はないさ。それで、あんたは本当に俺らを助けてくれるのか？」

「その前に質問だ。君は私の妻を殺すためにここに来た。そして部屋に侵入する前に捕まった。この認識で間違いないかい？」

その言葉にこくりと頷いたのを見て俺は笑顔で言った。

「ならよかったよ。万が一サーシャに傷でもつけてたら容赦《ようしゃ》はしなかったけど、その前に捕まったなら許そう」

「そんなにあっさり信じていいのか？　俺が嘘《うそ》をついてるとは思わないのか？」

「その前に我が家の侍女に捕まってる可能性の方が高いからね。それに君がサーシャに手を出したならそこにいる侍女は私に渡す前に地下の拷問室まで連行してるだろうからね」

チラリと侍女を見るとこくりと頷いたので、彼の言葉が嘘ではないことはわかった。

「さて、それじゃあ、話し合いをしたいから場所を移そうか。いや、その前に縄をほどこう」

しゅるりと、縄をほどくとその少年は一度こちらにぐっと拳を突きだしてきた。

それを受け止めてから片手で持ち上げると、驚く少年に笑顔で言った。

「わかってると思うけど、おかしな真似をすれば皆ここで終わりだからね。私は平和的に話を進めたいんだ。君の勝手な判断で仲間を危険に晒《さら》さない方がいいだろう」

「はは……なんだよ。こんなの最初から勝てるわけないじゃん」

「そうでもないさ。私に従えば他の仲間も皆助けて今より真っ当に仕事ができるよ。もう人殺しはしなくて済むならその方がいいだろ？」

その言葉に黙りこむが、やがて力を抜いたのを見て冷静に実力差を認識できたようなので四人の子供を連れて俺は別室へと移動する。

一瞬侍女に視線を向けて、このことを秘密にするように伝えるが、まあ言わなくてもこういうことは絶対にサーシャやローリエには伝えないように徹底してるので大丈夫だろう。

「さて、とりあえず。君達の名前を教えてくれるかな？」

別室へと移動してから俺は四人にそう聞く。

するとローリエそっくりの子がまず最初に名乗った。

「私はナナミといいます」

「そうか。最後に会った君は？」

「……オレンジ」

ポツリとそう名乗るその子の後に名乗った、活発そうな男の子がゲリラ。

クールそうな女の子がメフィと名乗ったのを見てから俺は言った。

「君達を我が家に歓迎しよう。ただその前に君達の元の主《あるじ》のマッシュ伯爵の元から君達の仲間を助けて、尚且《なおか》つマッシュ伯爵にお灸《きゅう》を据《す》えることにするつもりだけど異論はあるかな？」

そう聞くとオレンジがポツリと言った。

「本当に助けてくれるのか？」

「ああ。もちろん」

「なら聞くけど……どうやって仲間を助けるんだ？　どうやってあのクソジジイにお灸を据えるんだ？」

「助けるのは簡単だ。どんな方法でも助けられる。問題はどうやってお灸を据えるかだけど……どうせなら私の手でやるよりも未来の国王陛下にでもやって貰いましょうか」

その言葉に疑問符を浮かべる彼らを放置して俺は聞いた。

「誰かこの中で伯爵に怪我をさせられた人はいるかな？」

「あ、あの……私が少しだけ」

そう手をあげるメフィという少女。

なんでもマッシュ伯爵に殴られてできた跡が残ってるそうだ。

それなら都合がいい。

「なら、それを口実に行こうか」

「行くってどこに？」

「決まってるでしょう。マッシュ伯爵の元にです。その前に寄るところがありますがね」

そうして部屋を出ようとする前にローリエそっくりのナナミという少女が頭を下げて言った。

「あ、あの……さっきはすみませんでした。命令とはいえ娘さんのふりをして襲いかかって」

「構わないよ。ローリエそっくりとはいえそれを見破れない私ではないからね」

「参考までに聞きたいのですが……どこがダメでしたか？」

そう聞かれたので俺は少しだけ考えてから答えた。

「全体的にかな。立ってる姿勢とか、話し方とかも全部ダメ。確かに素人《しろうと》には見分けがつかないだろうけど、私ほどの愛妻家&愛娘家になれば見破れないことはないだろうね」

「そ、そうですか。凄いですね」

冷や汗を流しているナナミに俺はしばらく考えてから言った。

「まあ、でも。本当に似てるね。それ」

「生まれつきです。少しだけメイクしてますが、私はこの容姿だからマッシュ伯爵に拾われたのです」

「なるほど。なら、さっさと行こうか」

早めにこの茶番を終わらせて日常に戻ろうと中庭へと向かう。

そこでセリュー様を味方にしてから、そのままアポなしでマッシュ伯爵家へと向かうのだった。


「これはこれは、セリュー殿下にフォール公爵。お二人で何かご用ですかかな？」

場所は、マッシュ伯爵の屋敷。

途中で拾ったセリュー様と怪我をしているメフィという少女を連れて屋敷を訪れると、マッシュ伯爵は少しだけ苦々しい表情を浮かべながら出迎えた。

そんな伯爵に対してやる気満々なセリュー様は先手を取って言った。

「率直にお聞きします。この少女に見覚えがありますね？」

「ええ。我が家の使用人ですね。わざわざ送っていただきありがとうございます」

「いいえ。違います。僕達は彼女をあなたに渡すために来たわけではありません。助けを求められてここに来たのです」

その言葉にマッシュ伯爵はメフィに視線を向けると威圧するように言った。

「小娘。さっさと業務に戻りなさい」

「あ、あの……私は」

「返事はどうした？」

あまりのプレッシャーにガタガタと震えるその子。

震えるその子に、セリュー様は一度頭を撫《な》でると微笑んで言った。

「大丈夫だよ。僕は君の味方だから。必ず守るから。だから自分の想いをきちんと伝えていいんだよ」

なんだか物凄くイケメンなセリュー様。

未来の王の器を幻視するが……それはそれ。

子供の成長とはとてつもなく早くて……そして眩《まぶ》しい。

こういう時に、成長を感じられるのがきっと、大人の役得なのだろう。

そんな風に感慨に耽《ふけ》る俺を置いて、セリュー様は続けて言った。

「僕はまだまだ弱いけど、この国の王子だ。未来のある若者を潰すようなことは許せない。だから何があろうと君達を守るよ。だから正直に答えて」

「セリュー様……」

その言葉にメフィは少しだけ顔を赤くするのを俺は見逃さなかった。

さらりとフラグを立てるとは……末恐ろしい。

イケメンに畏怖《いふ》する俺のことは置いておいて、メフィは勇気を貰ったように言った。

「私達は……あなたにたくさん酷《ひど》いことをされました。だから、私達を解放してください！」

「……？　小娘が生意気を！」

そう言ってからメフィを殴ろうとしてくるマッシュ伯爵。

その攻撃に、それまで空気だった俺が止めに入る。

「マッシュ伯爵。殿下の前で荒事はお控えください」

「離せ！　私は……」

「少し黙れ」

思わずドスの利《き》いた声でそう言うとマッシュ伯爵はあまりの迫力に思わずあわあわする。

まったく……頼もしい若者もいれば、哀《あわ》れな老害もいるものだ。

「あなたが私を暗殺しようとしたことは子供達の解放で見逃してあげましょう。しかし次に似たようなことがあれば今度は容赦しませんから。特に……」

すっと、俺は手刀を作るとマッシュ伯爵の首元に添えてから、凍りつくような声音で言った。

「私の家族に手を出したら次は——あの世行きになるかもしれませんね」

その言葉に恐怖で震えるマッシュ伯爵を置いておいて、勝手に子供達の回収を始めることにする。

なんだかさっきの様子がお気に召したようなセリュー様の視線が気になるが……。

そのセリュー様に情熱的な視線を向けるメフィを見て、これからのセリュー様の選択次第でローリエが泣いたら容赦しないでおこうと思うのだった。

❀

「さてと……じゃあ、君達にはこれから我が家で使用人として働いて貰うことになるけど異存はあるかな？」

複数の子供達にそう聞く。

最初に屋敷に侵入してきた四人のうちの三人と、屋敷から助け出した六人で合計九人。

それだけの人数の子供の行き先をしばらく考えてから俺はこの家の使用人として招くことにした。

ほとんどが女の子で男の子は最初に屋敷に侵入した二人だけなので、その二人以外は侍女として人員を回すつもりだ。

「ないなら、早速だが……」

「あの……メフィはどうしたのですか？」

ローリエにそっくりのナナミがそんなことを聞いてくるので、俺は頷いてから答えた。

「メフィは彼女の意思でセリュー殿下の元に向かったよ」

「セリュー殿下のですか？」

「まあ、わかるだろ？」

そう聞くとこくりと頷くナナミと数名の少女に対して、少年二人は首を傾《かし》げたまま聞いてきた。

「それって、どういうことだよ」

「ふむ。さしあたってはその言葉遣いは直した方がいいかもね」

「て、言われても……」

「ジーク。ミゲル」

その言葉に待機していた二人が出てくるので、俺はそれぞれに指示を出す。

「ジークはオレンジを庭師長の元へと連れてってくれ。ミゲルはゲリラを衛兵達に紹介。基本的に二人にはそこで頑張ってもらうから。残りの者は私が侍女長へと紹介しよう」

その言葉でジークとミゲルが少年二人を連れていったのを確認してから俺は残った子供達に視線を向ける。

すると、おっかなびっくりになりつつも、手を挙げながらナナミが聞いてきた。

「あ、あの。オレンジくんはなんで庭師なんですか？　多分オレンジくんの方がゲリラくんより強いですよ」

「だろうね。だからこそだよ」

我が家の庭師は所謂《いわゆる》忍者のようなもの。

まあ、実際には隠密活動がメインの諜報部隊《ちょうほうぶたい》なのだが、ここ最近は若い者も減ってきてるので、ああいう少しだけ尖《とが》った存在は必要だろう。

それに言葉遣いも直せる可能性が高いしね。

ヤクザみたいな顔の庭師長だから流石にあのヤンチャ坊主も多少は大人しくなるだろう。

「それじゃあ、侍女長に挨拶をしてから仕事に入ってもらうが、その前に一つだけ」

そう言ってから俺はナナミに視線を向けると微笑んで言った。

「好きな人のことを案じるのはわかるけど、仕事とプライベートは分けること。恋愛を禁止はしないから。好きなように仲を深めていけばいいよ」

「な……ち、違います！　私は別に彼のことなんて」

「まあ早めに素直になりなよ。ライバルが少ないうちに確保するに越したことはないからね」

そうしてナナミに軽く注意をしてから侍女長へと引き渡す。

また近くで新しい恋話《こいばな》を聞けることに少しだけ楽しみになりつつも、俺は俺で仕事に戻るのだった。

❋

「まあ、本当にローリエにそっくりね」

ナナミを侍女にしたので、最初にそう説明すると驚きながらナナミを見るサーシャ。

やはり母親からしてもそっくりに見えるのだと思っていると、ローリエが少しだけ複雑そうに言った。

「お父様は私では満足できないのですか？」

「そんなわけないよ」

物凄く人聞きの悪い言葉だが即答する。

意味合い的に誤解されても仕方ないが、そんな邪推をする者はこの場にはいないので俺はきっぱりと言う。

「ローリエにそっくりなのはたまたまだよ。それにいざと言うときの影武者候補でもある」

「影武者？」

「簡単に言えば、ローリエの代わりに式典とかに出られるような代役だよ。もちろんローリエ本人が出るのが一番だけど、例えばどうしても外せない夜会でローリエが体調を崩した時に出て貰ったりとかね」

まあ、影武者というのは悲惨《ひさん》な末路しか思い付かないが、流石にそんな危ないことは事前に俺が排除するので安全だ。

影武者というのはあくまで方便。

二人には屋敷の襲撃や俺への暗殺のことは黙っているので、そういう理由付けが必要なのだ。

「それにローリエはこの世に一人の可愛い娘だ。大切に想っているよ」

「お父様……はい！」

嬉しそうに笑うローリエ。

それを微笑ましく見守っているサーシャにもきちんと言う。

「もちろんサーシャだってこの世に一人の私の可愛い嫁だ。たとえ同じ顔の人間がいても間違えたりはしない。絶対にだ」

まあ、サーシャそっくりの女というのは少しだけ悩ましいが、偽物であることに変わりはないので、すぐに分かる。

そもそも俺はサーシャという存在を、既に魂レベルで把握できているので間違えようがない。

たとえ寿命を全《まっと》うして、共に天国に召される時だろうと、必ず見つける。

そんなことを言うとサーシャは少しだけ嬉しそうにしながら言った。

「わ、私もお父様のことは間違えません」

「私もお父様なら絶対に間違えません！」

「そうか。嬉しいよ」

そもそも、カリスさんに似てる男がこの世界にいるのだろうか？

ドッペルゲンガーでもない限りはよく似たオッサン程度が関の山だろうが、いるなら場合によっては排除しなくては。

サーシャを魅了するのは俺だけで十分だしね。

そんな俺達のやり取りに呆然としていたナナミは、しばらくしてからこういうノリなのだろうと理解したのか苦笑していた。

幼いながらもこの適応力は凄いものだ。

そう思いながらも、この様子なら本当に影武者としては適任かもしれないと思うのだった。

まあ、婚約者のセリュー様が気付くかはわからないけど。

そもそもセリュー様の方にも何やら新しいフラグが立ってるので、そちらをどう扱うのかによって対応は違ってくるだろう。

はてさて、セリュー様はどんな選択をするのやら。

まあ、気長に見守るとしよう。

ローリエが傷つく結果は許さないけど……不思議と、今のあの子はその選択肢は選ばない気がする。

まだ気づいてなさそうなローリエへの想い……純だねぇ。

❋

「ゼン、新人の様子はどうかな？」

庭師長であるゼンの元に行くと、ゼンは厳《いか》つい顔を引き締めて言った。

「これはカリス様。ええ、なかなか生意気ですが度胸はありますよ」

「それは良かった。簡単に音を上げたらどうしようかと思っていたからね」

「クソジジイ共め……」

忌々《いまいま》しげにそう言うオレンジにゼンは一発軽く頭を殴ってから言った。

「その口調は直せと言っただろうが。馬鹿者が」

「そう簡単に直ったら苦労はしないだろ」

「全く……頑固な奴だな」

面白い会話に笑ってから俺は聞いた。

「ゼン。率直に聞くが、お前の引退までにオレンジは使えるようになりそうか？」

「……問題ないかと」

「引退って……おいおい！　ジジイ引退するのか？」

「ああ。って言ってなかったのか？」

そう聞くとゼンは視線を逸らして言った。

「ま、すぐにじゃないさ。少なくともお前が一人前になるまでは面倒見るつもりだ」

「引退して、孫夫婦と住むなんてなかなか素敵な老後じゃないか。素直に羨《うらや》ましくなるよ」

「カリス様は奥様とお嬢様達がいれば幸せでしょうに」

「まあね」

嫁や娘達がいるのなら確かに幸せだ。

ローリエはいずれ嫁に行ってしまうと思うと寂しい気持ちもあるけど、やっぱり幸せになってほしいからね。

その相手がセリュー様なのかどうかはわからないけど。

こないだ新しいフラグが立ったセリュー様がどんな選択をして、ローリエがそれをどう受け止めるのか。

場合によってはあの少女を側妃《そくひ》にという展開もあり得そうだけど、複雑な気持ちには変わりない。

別にハーレムを否定はしないけど、いざ自分の娘がハーレム要員になると考えるとかなり嫌ではあるよね。

まあ、ローリエが幸せなら別にいいけどさ。

もし、ローリエと婚約解消してあの少女と婚約するのならそれはそれでセリュー様を大きく見直すことになるだろう。

ローリエの反応からして今のところはセリュー様への想いはあまりなさそうだし、セリュー様が淡い恋心をどう変化させるのか。

まあ、将来的な話ではあっても油断はできないだろう。

「とにかく、頑張って一人前になってくれたまえ。オレンジくん」

「くんはやめてれ……ください」

「うんうん。よく直した」

反射的にゼンの拳骨《げんこつ》が見えたのでとっさに言い直したのはいい判断だろう。
やっぱりこういうタイプは体に教える方が早いだろうからね。
そんな風にしてオレンジの様子を見てからサーシャの元に向かうのだった。
やっぱり好きな人に会うときは花も必要だからね。

第九章 絶対幸せに

――寂しい。
――辛《つら》い。
深い深い孤独。
お父様は私を見てくれない。
お母様はお父様しか見えてない。
自分は愛されてないんだと、私は知ってしまった。
焦がれる。
温もりが恋しい。
ある時、私は教育係の言葉で知った。
『そっか……お母様がお父様に愛されないから私は一人ぼっちなんだ』
だったら、私はお母様と違って愛されないと。
頑張らないと。
そう思っていたらお母様が亡くなってしまった。

出先で、賊《ぞく》に襲われ命を落とした。
お父様はすぐに新しいお母様を連れてきた。
その人もお父様には愛されない。
代わりに弟ができた。
その人の連れてきた子供。
その顔が私は大っ嫌いだった。
まるで、私の持ってないものを当たり前のように持っているような余裕のある顔。
だから——という訳じゃないけど、気がつけば私はこの子に当たっていた。
『この子をいじめたらお父様の気が引けるかも』
そんな都合の良いことを私は思った。
だから、胸の中の嫌なものをぶつけるように見下した。
罪悪感はある。
でも、それでも何か変わるのならと私は躊躇《ためら》わなかった。
そんな私達をお父様も新しいお母様も気にしない。
無駄だと分かっても、私は諦めきれない。
——寂しい。
——悲しい。

ある時、いつものように弟に当たっていたら弟がポツリと呟《つぶや》いた。
『おとうさん……』
お父様のことじゃない。
多分、この子の本当のお父さんのことだろう。
モヤッとした気持ちが胸に広がる。
その涙で濡《ぬ》れた瞳の奥に、確かに誰かの面影がある。
確かに誰かから向けられた愛情が残っていた。
怒りが、悔しさが胸の内を満たす。
『この子は持っていてなんで私は持ってないの？』
そんな疑問が零《こぼ》れる。
まだ足りないんだ。
頑張らないと。

ある時、お父様の執事のジークから私の婚約の話を聞かされる。
私は言われるがまま、その話を受けて、婚約者に挨拶《あいさつ》に行く。
『初めまして。セリューです』
私の婚約者は先日王太子になった第二王子のセリュー様。
この人なら私を愛してくれるかもしれない。

諦めきれない気持ちが私を突き動かす。
でも、セリュー様はいつも笑っているけど私のことは見てくれなかった。
――まだ足りないんだ。
――もっともっと、頑張らないと。
苦しい王妃教育も、社交も頑張った。
着飾って、セリュー様のために美しくなる。
私を見て欲しい。
それだけの気持ちのために。

お父様と最後に言葉を交わしたのはいつだっただろうか？
もう何年も顔すら見てない。
お父様は私が近づくとすぐに去っていく。
仕事が忙しいそうだ。
執事のジークが言っていた。
『お嬢様のせいではありませんから』
……だったら、何が悪いの？
私が悪いからお父様は私を嫌いなんじゃないの？
聞いても答えは返ってこない。

いつだってジークは黙っている。
分かってる。
答えがないのは仕方ないって。
私が全部悪いんだって。

弟が私を避けるようになった。
それで何か変わる訳でもない。
ただ、理不尽な時間がなくなっただけ。
モヤモヤした寂しい気持ちがただただ雪のように降り積もる。
永遠に春はやってこない。

私は一人ぼっち。
食事も一人。
寝る時も一人。
屋敷にいても一人。
セリュー様は理由をつけて私と会わない日が増えた。
私から懇願しても、聞き入れては貰えない。
まだ努力が足りないんだ。

私は頑張らないといけない。
無理を言って王妃教育の時間を増やしてもらう。
ダンスも社交も全てを頑張る。
この国のことなんてどうでもいいけど、私はセリュー様の婚約者。
王妃となるのだから頑張らないと。

血を吐いた。
医者からストレスだと言われた。
関係ない。
まだ足りない。
お父様の瞳に私はいない。
お母様の中の大切な人に私は入ってない。
新しいお母様にとって、私はどうでもいい存在。
弟は私には近づかない。
そしてセリュー様は……どんどん遠ざかっていく。
月日を重ねる毎《ごと》にセリュー様は私を遠ざけるようになる。
どんなに想っても、どんなに願ってもダメだった。
でも、学園を卒業して、結婚すれば変わるかもしれない。

だから私はもっともっと頑張る。

学園に入ってからもセリュー様と私の距離は更に遠くなる。
それでも、卒業して結婚すればきっと――。
そう思っていた時だった。
その子が現れたのは。

平民の女の子。
ピンクの髪の人なつっこいその子は太陽のような笑みで人々を惹《ひ》き付《つ》けた。
――私の大切な人でさえ。

セリュー様はその女に夢中になった。
それが私の心を更に締め付ける。
顔を合わせたのは何人かの取り巻きの令嬢を連れていた時のこと。
その子は手作りのお弁当を持っていた。
――セリュー様に渡すために。
思わず私はそのお弁当を、叩いて落とした。
地面に落ちたそれを踏みつけると、その子は困ったような顔をするだけ。

まるで、イタズラをした子供でも見るようなそんな余裕が余計に私の心を掻《か》きむしる。
思わず出てしまった罵声《ばせい》。
それに調子づいて、後ろでガヤガヤと悪口を言う取り巻き達。
そうしていたら、セリュー様がそこに割って入った。
味方をしにきてくれた……なんて、考えは消え去る。
『お前達、いい加減にしろ』
仇《かたき》のように私に向けるその鋭い視線。
反対に、守る平民の女には優しい瞳を向けていた。
私が焦がれてやまない、愛してるというような瞳。
慈《いつく》しみさえあるその瞳を私ではなく、平民の女に向けている。
あまりにも辛くて、思わず声を荒らげてしまう。
それでも、セリュー様はゴミでも見るような視線でしか私を見てくれなかった。
——どうしてなの？
——どうしてその子なの？

弟もその子に惹き付けられたのか、よくその女の取り巻きとして側《そば》にいた。
そんなことはどうでもいい。
問題は、その中心に必ずセリュー様があの女といること。

私を敵のようにしか見ないこと。

――こんなに頑張ってるのに。

――あなたのために、私頑張ってるんですよ？

縋《すが》るようなそんな言葉が喉《のど》を通りかける。

我慢しても、完全には抑えきれなくて少しだけ零した私の言葉に、セリュー様は冷たく答えた。

『私は君を愛してなどいないし、愛する気もない』

――心臓が止まるかと思った。

知っていたことだけど、言葉にされると更に重い。

セリュー様は見せつけるように平民の女を抱きしめる。

その姿が私を更に追い詰める。

自分でも止まれないくらいに、平民の女への憎悪《ぞうお》が抑えきれない。

これが自分のエゴだと分かっていても、私にはセリュー様しかいなかった。

絶対にお父様は私のことを見てくれない。

最期《さいご》までお母様の瞳に私は入らなかった。

セリュー様だけが、私の希望だった。

その希望を奪われた。

その隣を、その愛を私は盗《と》られたのだ。

まだ頑張らないとダメなんだ。

そう思って色々しても、全て無駄に終わる。


鏡を見た。

昔見た、お母様によく似てきたような気がする。

違いがあるとすれば、つり上がった目がお母様以上になっていて、柔らかくならないこと。

それと、化粧で隠しているけど深い目下の隈《くま》に、肌も青白くなってきた。

やせ細った体は無理やりドレスで補ってまともに見せる。

最近は食欲も落ちてきて、何度か戻してしまっている。

悪夢ばかり見てしまい、睡眠時間もろくに取れてないのも悪いのかもしれない。

吐血も定期的になっており、薬の回数も増えた。

でも――止まれない。

止まる訳にはいかない。


私が邪魔をする毎に、セリュー様と平民の女の仲は深まっていく。

なんで、なんでなんでなんでなんでなんでなの！

どうして、どうしてどうしてどうしてどうしてなの！

渦巻く気持ちが爆発しそうになる。
そんな時に、お父様から連絡が来た。
諦めていたお父様からの初めての直接の連絡。
少しだけ心が軽くなる。
『フォール公爵家の娘として相応《ふさわ》しくしろ』
それだけだった。
それでも、私は嬉しかった。
初めての、ジークや使用人からではなく、お父様からの直接のお言葉。
お叱りだろうと、苦言だろうとたった一言が私を奮起させる。

フォール公爵家の娘として相応しい行動。
私はセリュー様の婚約者。
だったら、平民の女を連れ回す殿下を正さないといけない。
婚約者として必ず。
何度となく会話を試みた。
しつこいくらいに、王太子として自覚を持つようにお願いした。
そして――それらは無駄になる。

学園の卒業式の夜会でのこと。
国王陛下も参加されるその夜会で私は悪夢を見ていた。
『ローリエ・フォール！　君との婚約を破棄する！』
死刑を宣告されたような気持ちだった。
その隣には着飾った平民の女が。
ピンク色の髪で、私とは対照的に柔和《にゅうわ》な目をしており、表情も柔らかい。
健康的で肌ツヤもいい。
そして——愛されることを知ってる瞳をしていた。
最後の一つだけで悔しさが何倍にもなる。
セリュー様は私と婚約破棄する理由として、私の行ってきた悪行を次々にあげていく。
取り巻きの中の弟も証言したが、半分くらいは本当のことだった。
ただ、残りの半分の更に悪質な部分はしてない。
弁明する機会もなく、一方的に責め立てられる。
私は助けを求めるように視線を動かすが——誰一人として味方はいなかった。
それどころか、皆私を蔑《さげす》んだ目で見ていた。
取り巻きとして私の側にいた令嬢も、いつの間にかあちら側だ。
そして——。

『ローリエ嬢、見損なったよ』


国王陛下は嘆《なげ》くように悲しむ。

その言葉で私の有罪は確定してしまう。

王妃様だけは、何か理由があるのではと問いをしてくれたけど、国王陛下は聞き入れない。

そして、最後に――。


『お前には失望した』


――お父様だった。

その言葉に私は膝から崩れ落ちる。

失望した――初めて真っ直ぐ見てもらって最初で最後の言葉がそれだった。


『フォール公爵家から追放だ』

『国内からもだ。処刑されないだけマシと思え』

愛して欲しかった二人から続けざまにそう言われる。


――どこで間違ったのかな？

——何が足りなかったのかな？

絶望の中、私は会場から運ばれて、国外へと追放される。
その後のことはよく分からない。
失意の中、男の人に乱暴されて、近くにいた熊の親子の餌《えさ》にされた。
そんな中で私は願った。

——もし、やり直せるのなら——今度は愛されたい。
——もし、生まれ変われるのなら——今度こそ、愛される自分になりたい。

お父様、セリユー様。
私ね……頑張ったんだよ？
でもね……ダメだったんだね。
私はここにいちゃダメな存在だったんだ。
私は生きてちゃダメだったんだ。

生まれてきて——ごめんなさい。

「――――っ！」

思わず飛び起きてしまう。

ズキンズキンと頭が痛む。

あまりにも胸糞《むなくそ》悪い悪夢が頭から離れない。

悪夢の内容は、ゲームのローリエの記憶。

追体験してるように、ローリエの気持ちを細かく感じ取れた。

思わず強く歯を食いしばっていた。

手にも力が入りそうになるが――――ふと、隣にいる存在を見て俺は力を抜く。

「んん……おとうさま？」

一緒に寝ていたのはローリエだった。

寂しくて潜り込んできたのだろう。

「すまない、起こしたな」

「ううん……」

ぎゅっと抱きついてくるとローリエは再び眠りに落ちる。

その様子を見て俺は考える。

先程の夢は何だったのだろうか。

まさかローリエにはこの記憶があるとでも――いや、それはなさそうだ。
そうだとしたら俺が気が付かないはずがない。
だとしたら一体……。
「むにぁ……おとうさまぁ……」
スヤスヤと眠るローリエの頭をそっと撫《な》でる。
いや、たとえ今の悪夢が本物だったとしても、俺は可愛《かわい》い娘のローリエを守るだけ。
しかし、それにしてもゲームカリスさんと、ゲームセリューはマジで害悪だな。
ローリエがあそこまで拗《こじ》らせて追い詰められたのも主にこの二人のせいじゃんか。
まあ、それぞれに事情があったのは理解してる。
それでも、一人だけバッドエンドを押し付けたような先程の夢は許せそうもない。
今の俺はカリスさんでもあるから、あれは俺が起こしかねない罪でもある。
だからこそ、今まで以上にローリエ達を守らないと。
寂しい思いも、悲しい思いも二度とさせない。
俺が……この子を守るんだ。
そう決意を新たにする。
『生まれてきて――ごめんなさい』
こんな言葉絶対に言わせない。
より良い幸せな未来を摑《つか》み取る。

そう思いながら俺はローリエの寝顔を眺めつつ、再び眠りにつく。

——優しくローリエを抱きしめて、離さないように。

❄

お菓子を作る。

空いてる時間、夢中で作り続ける。

「……カリス様、何かありましたか？」

「なぜそう思う？」

「いつもよりも派手にお菓子作りをしてるのを見れば、誰だって分かります」

グイッと指すのは先程作った二段重ねのホールケーキ。

ジークがかなり呆《あき》れたような顔をしていたが、どうにも集中し過ぎたようだ。

反省。

「それで、どうかしましたか？」

確認するために持ってきたと思われる書類をそっと置いてからそう尋ねてくるジーク。

話せと言われてるようだけど、これぱかりはジークには話せないだろう。

俺がこうして珍しくご乱心なのは昨夜見た夢のせいだ。

悪役令嬢ローリエの一生を本人視点で夢に見た。

あれは一体何だったのか。

正直かなり気になりはするが、それはそうとあれを見た俺の父親としての決心が固まるのと同時に、行き場のないモヤモヤも胸の中にあった。

なので、それを少しでも解消できればと、家族を愛《め》でる以外でも多少発散を試みた結果が今だ。

いや、だってあんな可哀想《かわいそう》なローリエを見ちゃったら救いたくて仕方なくなる。

古代の大帝国時代の技術ならゲームのストーリーに忠実な世界に飛べたりしないだろうか？

その先でローリエを救いたいという気持ちが半端ない。

まあ、とはいえそれは現実的ではないし、今のローリエやサーシャを置いていくのは無理なのでどっちみち叶わぬ願いだろう。

今のローリエの幸せは俺が必ず叶える。

だからこそ、決意は新たにできたものの、それはそれとしてやっぱりカリスさんとしての俺の罪の意識と苛立《いらだ》ちと怒りが消えたりはしない。

それを表には出したくないしお菓子作りで少しでも解消できればと思ったが……まだまだ足りなそうだ。

「ジーク、俺は俺が許せない」

「罰して欲しいと？」

「そうじゃない。無論、本人からだったらどんな罰でも甘んじて受けるが……」

仮にあの夢の中のローリエに会えたとしても、あの子は俺を罰したりはしないと思う。

心根の優しさは変わってないから。

だからこそ余計にモヤモヤする。

「よくはわかりませんが、とりあえずカリス様がそう感じているのなら、己の不甲斐《ふがい》なさを嘆く暇を他に費やしてはどうでしょう？」

「例えば？」

「仕事なら山ほどありますよ」

……ジークよ。

結局そこに持っていきたかっただけじゃないのか？

まあ、いいけど。

何故《なぜ》か予定よりも増えていた書類の山を気持ちそのままに片付けていく。

「な、なんか今日のカリス様凄いですね……」

「ミゲル、恐らくしばらくはあの状態なのでガンガン仕事を渡してください」

「えっと、でもかなり片付いてますよね？　残ってるのは大した案件ではないですし……」

「こういう時だからこそ、そういう雑務も渡すべきなのです。むしろ渡すのが主君への礼儀と思いなさい」

「はぁ……」

ミゲルがよくわからないという顔をしている。

というか、しれっと分量を増やすあたり、容赦《ようしゃ》がないな。

「ミゲル」

「は、はい！」

書類が増えたことを怒ったと思ったのか驚いたように肩を跳ねさせて返事をするミゲル。

いやいや、その程度では怒らないよ。

それに元凶は鬼畜《きちく》執事のジークなので、責任はジークにあるからそんなことは言わない。

「ここ最近、変な夢を見たことはあるか？」

「変な夢ですか？　うーん……あ」

少し考えてから頬《ほお》を赤くするミゲル。

「あ、えっと、あの……言わないとダメでしょうか……？」

かなり恥ずかしい夢のようだ。

どんな夢を見たのやら。

「いや、それ以外におかしな夢を見てないのならいいんだ」

思春期の男の子なので、色々と夢に見るのだろう。

それをわざわざ掘り起こすような真似はしない。

それに、あれは夢というにはリアルすぎる。

夢とは起きると大抵忘れてしまうものだが、あれは魂に語りかけるような強さがあった。

ミゲルの様子から、おそらくミゲルにはそれが無いのだろうと分かったのでとりあえずはＯＫ。

「ジークよ、ここ最近変な夢は見たか？」

「私にも聞きますか」

「何か口に出せない夢でも見たか？」

「この歳《とし》になるとそういう夢は見ませんね。それで、カリス様はどんな鬼畜な夢を見られたので？」

何故鬼畜確定なのかはさておき、ジークにもないのならやっぱり偶然だろうか？

とりあえずは少し調べてみよう。


調査した結果、乙女ゲームの夢を見たと思われる証言はなかった。

無論、わざわざ直接的に聞き回ったりはしてないけど、知ってる相手ならある程度は反応でも判断が可能。

セリュー様を筆頭に攻略対象にも聞いてはみたけど、乙女ゲームの夢を見たという話はなかった。

「悪役令嬢ローリエの記憶ですか」

「ああ」

俺が調べて回っているのをどこからか摑んで、わざわざ訪ねてきたセレナ様にも聞いてみたが心当たりはないらしい。

「乙女ゲームだと視点がヒロインなので、悪役令嬢ローリエ視点はなかったですね。設定資料集なんかも買って読んでましたけど、設定だけでローリエ視点の心情を書き記したものも読んだ記憶はありませんね」

となると、やはり俺の妄想かあるいは神と呼ばれそうな存在からのメッセージとかかな？

信託《しんたく》を受けたと教会に報告したら聖人認定されたりして。

まあ、面倒だしそんな真似はしないけど。

「それで、あなたはそれを見てどうされるのです？」

「決まってますよ。ローリエを幸せにするだけです」

「でしょうね。まあ、何か分かったら教えてください」

疑問は晴れたと言わんばかりに帰っていく王女様。

相変わらずマイペースだが、相談に乗ってくれるとは思ってなかったし帰ってくれるなら願ったりだ。

「一応、奥様と娘さん本人にも聞くのもいいかもしれませんね」

そんな言葉は残したけど、アドバイスではないと思う。

何にしても、念の為に聞いてはおくべきか。

答えは分かっているけど。

そもそも、あの重たい夢を俺の愛する二人が見てたら、日々の様子で確実に気がつく。それがないのだから可能性は低いけど……まあ、ローリエとサーシャと話すのは最高なのでそのままローリエの元へと向かうことにした。

「おとうさま！」

部屋に入ると、嬉しそうに抱きついてくるローリエ。

この前は起こしてごめんと謝ってみたけど、覚えてないのか首を傾《かし》げていた。

うん、可愛い。

「ローリエ、最近面白い夢は見たかな？」

「おもしろい夢ですか？　うーん、うーん」

一生懸命に考えてから、ローリエは何やら可愛らしい夢の内容を話してくれた。

「えっとですね、お父様とお母様とお菓子の国に遊びに行って、お菓子の家で遊ぶ夢を見ました」

わたあめ羊と呼ばれる可愛い羊や、チョコフォンデュの滝、イチゴのソファーで寛《くつろ》いだりと楽しかったらしい。

「お父様が、私とお母様に食べさせてくれたんです！」

いつもしてるような……まあ、嬉しそうに語るローリエを見ると悪い気はしないのでこれからもしておこう。

娘への調査の結果。

分かったのはローリエ自身はあの夢を間違いなく見てないということ。

これは少しホッとする。

あの悪夢をローリエには見て欲しくない。

俺のせいでああなったと言ってもおかしくないし、ローリエには笑ってて欲しい。

さて、あとはサーシャだけだけど……まあ、こちらも恐らくは見てないはず。

愛妻の些細《ささい》な変化も見逃さないのが俺だ。

サーシャがたとえ、一ミクロン単位で髪を切ってもすぐに気がつくし、サーシャの仕草から何を思ってるのかも読み取れる。

サーシャ検定があったら免許皆伝どころか、サーシャ教の始祖と呼ばれてもおかしくない熱量だと自負している。

まあ、俺はサーシャの夫がいいので始祖にはならないけど。

教祖とか柄じゃないし。

夫と父親がいいよね。

「サーシャ、少しいいかい？」

「どうぞ」

部屋に入ると、サーシャはゆったりと座っていた。

お腹《なか》が少しずつ目立つようになって、悪阻《つわり》もあるようだけど、今日は落ち着いてるようだ。

「急にすまないね。体調は大丈夫かな？」

「はい、大丈夫です。それよりも……」

サーシャがポンポンと隣を叩くので、そっと隣にお邪魔して、腰を下ろす。

すると、サーシャは俺をギュッと抱きしめた。

「さ、サーシャ？」

「すみません。でも、何だか旦那様、凄く辛そうな顔をしていたので……」

辛そう？

俺が？

誰にも指摘されてないはず。

ローリエにだってバレてない。

そもそも、俺が勝手に辛い気持ちになるなんて、ローリエに失礼だ。

自己中すぎる。

だからこれは俺が辛いわけでは……。

「旦那様」

サーシャが優しく声をかけてくる。

「何があったのか、私にはきっと話せないことなのでしょう。聞いたりはしません。でも
……私の前では我慢しないでください。私の前では無理はしないでください。私は……旦

那様の全てを受け止めます」

――ああ、そうか。

俺がサーシャを想うように、サーシャも俺のことを想ってくれている。

俺がサーシャの全てを愛してるようにサーシャもまた俺の全てを愛してくれている。

「旦那様、私は旦那様のことを愛してます。昔からずっとお慕いしてきましたが……今は昔よりももっとお慕いしております。私は……今のあなたを、あなたの全てを愛してます。たとえ、昔と違うとしても、私が今愛してるのはここにいるあなたです」

その言葉に――俺は思わずサーシャの顔を見てしまう。

サーシャは優しく微笑《ほほえ》んでいた。

まるで、転生に気づいてるようだ。

それでもなお、今の俺を愛してると言ってくれた。

それは――まるで、救いの鐘の音のようだった。

俺としては自分とカリスさんどちらも自分と今は考えているけど、それでも不安がないわけではなかった。

転生、乗っ取り……悪い言葉はいくらでもある。

俺の中にカリスさんはいるし、俺自身がカリスさんでもその認識が変わることはないのかもしれない。

でも……サーシャは俺を認めてくれた。

俺でいいと——愛していいと認めてくれた。

ならば迷う必要はない。

これからも俺の気持ちは変わらない。

「ローリエだって、旦那様のことを愛してます。だから……苦しいことがあったら遠慮なく甘えてください。私は……サーシャ・フォールは、永遠にカリス様をお慕《した》いしております」

……あー、もうー……敵わないなぁ。

「……サーシャ、早速甘えてもいいかな？」

「はい、何なりと」

「もうしばらくこのままでいたい」

「……はい、勿論《もちろん》です」

優しく抱きしめてくれるサーシャの胸の中。

俺はそこでゆっくり目を瞑《つぶ》るとサーシャの温もりに甘える。

愛でてばかりではなく、甘えることもあったと思う。

それでも、こうしてサーシャの母性に素直に従うのは初めてかもしれない。

それでも悪い気はしない。

この優しさの中、俺は考えた。

あのローリエを今の俺が救うのは無理かもしれない。

それでも、この温もりをせめてあの子にも分けてあげたい。

この優しさを……気持ちを伝えたい。

――生まれてきてくれて、ありがとう――と。

❄

その日の夜、夢を見た。

ローリエにそっくりだけど、今のローリエではない、ゲームのローリエ。

一人、真っ暗な闇の中で泣いていた。

足元から黒い靄《もや》が俺を取り込もうとするけど、俺はそれを吹き飛ばして、そのローリエに歩み寄る。

大丈夫だよ。

そう言いながら優しく抱きしめる。

――誰?

そのローリエが聞いてくる。

君を愛する者だよ。

だから……もう一人で泣かないでいいからね。

そう言って抱きしめる。

——側にいてくれるの？
勿論。
——私、悪い子だよ？
構わないさ。
——頑張れなかった子だよ？
頑張ってたさ。
俺は知ってる。
君の頑張りを。
誰も認めなくたって俺だけは認める。
よく頑張ったね。
——私を……愛してくれる？
その怖がるような問いかけに……俺は笑顔で答える。
『世界一、君を愛してるよ。愛しい娘、ローリエ』

——っ！
黒い靄が晴れていく。
さっきまで暗く覆われていたローリエが素顔を出す。

今のローリエよりも大きく、ゲームのローリエに近いその子は涙を瞳に溜めつつ、笑顔で言った。

——ありがとう——お父さん。


ゆっくりと光に包まれて、ローリエは優しく消えていく。

俺はそれを見ながら、声を振り絞って言った。

『生まれてきてくれて——ありがとう。今度はちゃんと生身で愛して、抱きしめる。また俺の娘になってくれ。ローリエ』

届いたかは分からない。

それでも、最後に見たそのローリエの表情は——笑顔だったと思う。

エゴでも、妄想でも、あの子が救われたのなら……それこそが一番だ。

それ以降、俺はその夢は見なかった。

起きて、またしても夜中に布団に入ってきたローリエをいつもよりも長く愛でたけど……。

あの子はあの子、ローリエはローリエだと思えた。

願わくば……今度こそ、俺の……俺達の元にあの子が来ますようにと願っておく。

――少しだけ、不器用で、甘えるのが下手な……あの子にまた会えますように。

❋

「ぱぱ」

部屋に入るとハイハイしながら近づいてくるミント。

ミントを抱き上げるとよしよしと微笑む。

「よしよし。大人しくしていたかな？」

「あい」

「そうか。ミントはいい子だな」

そう言うと嬉しそうに微笑む。

前より喜怒哀楽がはっきりとしてきており、最近では短い会話なら成立するようになりはじめていた。

俺はミントを抱きつつもう一人の方を見る。

視線の先では、双子の弟のバジルが積み木をしながらユリーと楽しげにしていた。

「ゆりーできたー」

「……お見事ですバジル様」

「へへー」

何やら楽しげな二人に思わず微笑んでから、ミントの専属侍女《じじょ》のレイナに視線を向けて聞くことにする。

「今日は、ミントは何をして過ごしていた？」

「はい。本日はカリス様がお仕事をされてる間は積み木で遊ばれたり、活発に動かれていました」

「それは良かった。しかしあの二人は毎日あの様子だな」

チラリと視線をバジルとユリーに向けるとレイナは苦笑して言った。

「バジル様は大変ユリーになつかれているようなので仕方ないかと。私もミント様に好かれてはいるようですがカリス様には敵いませんね」

「娘というのは年頃までは父親になつきやすいからね」

今のところローリエもミントも素直ないい子だけど、いつか反抗期が来たらどう接するべきか悩むところだ。

まあ、どれだけわんぱくでも健やかに育ってくれるならそれ以上望みはしない。

そんなことを考えていたらバジルが俺に気がついたのかこちらにハイハイしてやって来た。

「ぱぱ、だっこ」

「はいはい。よっと」

ミントとバジルを片手ずつで抱き上げる。

赤ん坊とはいえ二人持ち上げて抱き上げるのはそこそこ大変だが可愛い我が子のためなら特に気にならなかった。

「ぱぱ、ぱぱ」

「なんだいミント」

「にぱー」

笑うミントの可愛さに思わず悶《もだ》えそうになる。

ヤバい、我が子が可愛すぎる！

無邪気に笑うミントの天使のような微笑みにやられそうになってると、隣でバジルも同じようにして笑った。

「にぱー」

息子というのもやはり可愛いものだ。

うん、我が子達が本日も可愛いようで何よりだ。

サーシャのお腹には新しい家族もいることだし、サーシャのフォローとローリエとの交流、そして二人の面倒もきちんと見ないといけないな。

ウザいと言われそうなくらいに構って可愛がって、時にはきちんと叱る。

まあ、褒めるのは当然だけど本当に悪いことをしたときに怒れる親にならないとね。

ローリエは昔の影響でしっかりしすぎているが、二人には沢山ヤンチャして大きくなって貰いたいものだ。

❋

「恋する心はストロベリーハート！　魔法少女セレナ！」

「サイダーのようにしゅわしゅわ！　魔法少女ローリエ！」

「二人合わせて、私達『ミラクル☆タルト』！　甘いお菓子を守るため、今日も戦う美少女戦士！」


部屋に入ると、魔法少女のような衣装を着たローリエとセレナ様が、息ピッタリにそうしてポーズを決めていた。

魔法少女なのか美少女戦士なのか、色々と分からないが、とりあえず一言。

「ローリエ、似合ってるけど無理にセレナ様の悪ノリに付き合うことはないんだよ。嫌なら嫌と言っても大丈夫だから」

「私が元凶だと分かりきってる言い方をしますね」

「事実でしょう？」

「否定はしないわ。でも、似合ってるでしょ？」

「ええ、とっても」

フリルをふんだんに取り入れた水色ベースの魔法少女風の衣装はローリエにとても良く

似合う。

ステッキまでそれっぽいのを作ったのだから準備の良いことだ。

なお、セレナ様の衣装はピンク色。

ステッキもそれぞれ同色なのだが……まさかローリエに着せるだけでなく、自分も着るとは想像してなかった。

正直に言うとかなり驚いた。

精神年齢とか野暮《やぼ》なことを言うつもりはないのだが、それでもツインテにしてノリノリでポーズを決めるセレナ様を見ると、正直なところ、『何をやってるんだか』よりも、『よくここまでできるものだ』とある意味感心してしまう。

「ふふ、これでマクベスくんも更にメロメロにできそうね」

……ああ、なるほど、マクベスに見せるために練習していたのか。

好きな人を更に好きにさせるためにコスプレか……悪くない手だな。

しかも、セレナに依存ＭＡＸの忠犬マクベスなら更に効果が見込めそうだ。

まあ、セレナ様のことはどうでもいいとして。

「ローリエ、似合ってるけどあまりその格好で人前に出てはいけないよ」

「大丈夫です。お父様に見せたかっただけなので」

「そうか、凄く可愛いよ」

「えへへ、ありがとうございます」

抱きついてくるローリエをよしよししつつ、そう褒めると心底嬉しそうに笑みを浮かべるローリエ。

正直、ローリエの魔法少女コスはかなり可愛いし、これで外に出たら同年代は元より、よからぬ大人まで寄ってきそうなので用心するに越したことはないだろう。

にしても、よくできてるなぁ。

肌触りの良い布だし、きちんとそれぞれに意味を持たせてるようだし、無駄にクオリティが高い。

何にせよ、愛娘《まなむすめ》のこの姿は保存しておきたいが……ぐっ、ビデオカメラが欲しい。

静止画も悪くないけど、動きと音声を鮮明に録画できる媒体《ばいたい》が何かしらあって欲しい今日この頃。

とりあえず後で写真くらいは撮っておきたいけど、もう少しだけ目で見て楽しみたい。

「相変わらず過保護なお父様ね」

俺がローリエを愛でていると、その様子にやれやれと言いたげな笑みを浮かべるセレナ様。

「可愛い娘を愛するのは当たり前では？」

「それは構わないけど、婚約者くらいには見せてあげたらどうかしら？」

婚約者。

つまり、セリュー様か。

「セリュー様には刺激が強いのでは？」

「それくらい自信があるってことね」

というか、この姿を見てローリエへの無自覚な気持ちを高めてしまうような気がするのは俺だけだろうか？

「ちなみに、奥様用に魔女コスも用意してみたのだけど……」

「少しお話をしましょう、セレナ様」

結果として、サーシャ用のコスプレ衣装数着と、ローリエにも何着かを譲ってもらうことに成功した。

その見返りとして、今度のお茶会で新作スイーツを振る舞うことと……セリュー様にローリエのこの衣装を一度だけ見せることになってしまったが、悪くない取り引きだった。

ローリエには申し訳ないが……。

「お父様、お父様。もう一度やるので見ててください！」

……いや、気にしてなさそうだ。

むしろ、ノリノリでポーズの練習をしていた。

無邪気なその様子がとても微笑ましい。

サーシャのコスプレ衣装は……サーシャの出産が終わって落ち着いてからだな。

無理はさせられないし、子供が生まれて一段落したらイチャイチャの時に頼んでみよう。

恥じらっても着てくれそうなサーシャには期待しかないが……ローリエの魔法少女コス

を見てセリュー様がどんな反応をするのか。

まだ気づいてなさそうな自身の淡いローリエへの気持ちを自覚したりして……いや、そう簡単でもないか。

何にしても、うちの娘は何を着ても可愛いです。


セリュー様がローリエの魔法少女コスを見てどんな反応をしたのか。

ローリエ曰《いわ》く『お褒めの言葉を貰った』とのこと。

セレナ様曰く、『見惚《みと》れてたわよ』とのこと。

案の定な結果だが、これでセリュー様はますますローリエを意識したかもしれないなぁ。

それを悪いことだとは思わないけど……父親としては少し複雑です。

まあ、ローリエが幸せになれる相手なら文句はない。

文句はあっても言わないだろうし、セリュー様のような頑張る子が努力してローリエに釣り合いたいと思っている。

現時点で別にローリエと比較して釣り合ってないとは思わないけど、志も夢も、目標もあって懸命に進もうとしている。

男の子を全力で楽しんでいるセリュー様は不思議と嫌いじゃなかった。

まあ、それはそれとして。

俺は執務室で、仕事をしていた。

書類仕事を処理しながら俺は考えていた。

この前、ローリエと一緒に魔法少女コスをしていたセレナ様。

彼女は外見での変化でも想い人の気を惹こうとしていた。

俺だってサーシャのために色々と努力はしているつもりだ。

しかし、セレナ様を見てまだ足りないと気付かされた。

だとしたら何が足りないのか。

「ジーク、執事服の予備はあるか？」

「ありますが、カリス様は使用できませんのであしからず」

……何故に着るとバレたのか。

「まだ着るとは言ってないだろ？」

「聞いてきた以上、カリス様が使わない道理はないかと」

俺のことを大変よく分かってらっしゃるようで。

「一応、聞いておきますが、執事の真似事をして仕事から逃げたいのではなく、奥様との愛情表現の一環として着るということで？」

「話が早くて助かるよ」

「だとしても許可はしませんが」

「夫婦円満のためだぞ？　サーシャの前だけだし、外部にバレなければ、多少主《あるじ》が使用人の服装をしても問題ないだろ」

「外聞の問題ではなく、カリス様ご自身の問題ですよ」

「具体的には？」

「奥様には刺激が強すぎるかと」

俺をなんだと思っているのだろうか？

そりゃ、多少照れさせる可能性はあるが、俺の容姿と執事服の相性は悪くないはず。

「髪を少し後ろに流したいな」

「やめてください。奥様が亡くなってしまいます」

そんな大袈裟《おおげさ》な……いや、目がマジだ。

「ミゲルはどう思う？」

執務室にいる、もう一人の人物。

執事見習いで、執事長補佐にもなってるミゲルは少し考えてから答えた。

「カリス様なら着こなしそうですが、僕も奥様に見せるのは反対です」

「理由は？」

「お腹のお子のためです」

サーシャが俺の執事コスを見て、動揺して悪影響があるかもしれない。

そんな大袈裟なと言いたいが……正直、サーシャと俺の互いを想う気持ちは日々強まっている。

そして、サーシャはどれだけ愛情を注いでも慣れるということはない。

最高に初《うぶ》なサーシャだからこそ、可能性がないとは言いきれないのだが……ぐぅ、なら出産後にお預けか。

いいアイディアだと思ったのに。

「あの……カリス様はもう、十分に奥様と仲睦《なかむつ》まじいと思うのですが……まだ足りないのですか？」

「それはそうだろう」

愛情に限界はない。

努力にゴールはない。

相手に好かれる努力、相手を想う気持ち。

それら全て、日々の積み重ねだ。

「ミゲルよ、覚えておくといい。努力をした者だけが、相手に好いて貰えるのだ」

「なるほど……勉強になります」

「ミゲル、深く感心する必要はないですから。教えた通り聞き流すように」

「お前はそんなことをミゲルに言ってたのか？」

なんて執事だ。

主の妄言を受け流せるような執事になれと若者に教えるとは。

「さてと……とりあえず今日の分はこれで終わりだし、私は妻と娘の元に向かうぞ」

話しながらも、不備なく全て目を通し終えたので、俺がそう切り出すと、ジークの方も一段落したようで頷《うなず》く。

「分かりました。では、こちらもそろそろ来客の対応の時間なので、ご用があればミゲルをお使いください」

「頑張ります」

「頼りにしてるぞ」

そう言いながら、俺は体を解《ほぐ》してから、サーシャの部屋へと向かうのだった。


サーシャの部屋に来ると、ローリエ付きの侍女のミリアがサーシャの侍女と控えていた。

「ローリエも来ているのか？」

「はい。きちんと本日の授業を終えられてから来ております」

「そうか、ご苦労」

バジルとミントが生まれて、新しい子もサーシャのお腹にいる。

そのことでお姉ちゃんとしての自覚が出てきたローリエだけど、まだまだサーシャに甘えたい気持ちもあるのかもしれない。

俺……というか、旧カリスさんのせいで母娘《おやこ》の時間もろくに取れてなかったし、年齢的にもまだまだ甘えたい盛りなので仕方ない。

それと、妊娠したサーシャを何かと気遣っているのだろう。

ローリエは優しい子だしね。

そう思ってから、部屋に入ろうとして……俺はもしかしたらの可能性を考えて、いつもよりもより静かなノックと声がけをこころがける。

部屋に入ると、サーシャはベッドの上にいた。

隣にはローリエがおり、スヤスヤと寝ていた。

「すまない、寝たばかりだったか？」

「私は大丈夫です。ローリエは少し前に来て、少し眠そうだったので」

なるほど、それにしてもうちの娘の寝顔は相変わらず天使だな。

「旦那様はお仕事が終わったのですね」

「ああ、問題なく片付いた」

「いつもお疲れ様です」

労《いたわ》ってくれる愛しい妻に癒《いや》される。

なお、小声で話しているけど、このくらいの声量なら寝ているローリエが起きることは滅多にない。

前に、ミントとバジルがサーシャと同室だった頃。

夜泣きの度にサーシャは起きてお世話をしていたけど、寂しくて布団に潜り込んできたローリエはその夜泣きで一度も起きなかったそうだ。

夜泣きにさえ、気づいてなかった。

我が娘ながらかなり大物だと思う。

「せっかくなので、お茶を淹《い》れたいのですが……」

「気持ちだけで十分さ」

申し訳なさそうなサーシャだけど、自分に抱きついてるローリエを見ると優しい笑みを浮かべる。

無理に引《ひ》き剝《は》がせないよね。

その母性的な笑みがたまらなく愛おしい。

「隣、良いかな？」

「勿論です」

大きなベッドのローリエの頭の方向からサーシャの隣に座る。

無論、その反動でローリエを起こさないことは大前提だ。

「ミントとバジルの様子はさっき見てきたよ」

「ありがとうございます」

「私も父親だからね。我が子が見たかっただけさ」

部屋に来る前に、軽く寄ったけど、ミントもバジルも元気だった。

そして、バジルは相変わらず侍女のユリーになついていた。

その話をすると、サーシャはくすりと微笑む。

「バジルはユリーやお義母様《かあさま》をすっかり虜《とりこ》にしてますからね。きっと旦那様に似たのでしょう」

「そうかな？　私はサーシャに似てると思うけど。ミントの天真爛漫《てんしんらんまん》さとかもね」

人なつっこく、いつも元気なミントの様子はきっと母親の影響だろうと俺は思った。

「ローリエはサーシャに良く似ているよ」

「容姿は確かに似てますね」

そっと、優しくローリエの頬を撫でるサーシャ。

そんなサーシャの手の動きにもぞもぞしつつも、スヤスヤと寝ているローリエ。

凄く尊い絵な気がする。

「中身もそうさ。優しくて、ちょっぴり寂しがり屋で、頑張り屋なところとかね」

「もう……褒めてますか？」

「勿論。どれも最高のチャームポイントさ」

そう言うとサーシャは少し恥ずかしそうに視線を逸らす。

可愛いなぁ。

「で、でも、最近のローリエは旦那様に似てきたと思います」

「そうかな？」

「はい、凄く。特に、自然と人を惹きつけてしまう所なんてそっくりです」

それはサーシャのような気がするが……まあ、でも、そう思ってくれてるのなら嬉しいかな。

「子供の成長というのは早いものだよ。この前生まれたばかりだと思っていたミントやバジルが私のことをパパと呼べるようになった」

「私もママと呼ばれました」

呼ばれた時のことを思い出したのか、自然と笑みを浮かべるサーシャ。

「旦那様、家督《かとく》はやはり……」

「ローリエがセリュー様の婚約者になったからね。基本的には長男のバジルになるだろう」

正確には婚約者候補止まりだが、次期フォール公爵に一番近いのはバジルになる。

とはいえ、別に強制したりはしないけど。

「基本的にはバジルが優先だが、バジルが本当に進みたい道があるなら無理強《むりじ》いはしないさ」

「ふふ、旦那様らしいですね」

勿論、誰かに跡を継いでもらわないといけないのは間違いないが、無理強いはしたくない。

最古参、最有力の公爵家の当主というのは意外と大変だからだ。

とはいえ、俺とサーシャの子供達ならそれくらいはなんてことないだろう。

後は本人の気持ち次第。

「王妃教育のこと、サーシャはローリエから何か聞いてるかい？」

「覚えることが多くて難しいとはよく聞きます。でも、凄く楽しそうでした」

「私にも楽しそうに報告してくれるよ」

その日の報告なんかを、会いに行った時や、食事の時に聞かせてくれるけど、ローリエは本当に頑張り屋さんだと思う。

王妃様とセレナ様から、詳しい具体的な内容を聞いてはいるけど、俺がローリエくらいの歳の頃、女の子だったとしてそれをきちんと覚えられるかは不安しかない。

賢くて、凄く努力家な愛娘。

俺のせいで苦労ばかりかけてるけど、あの子には幸せになって欲しい。

ローリエだけではなく、勿論ミントとバジルもそうだ。

だからこそ、俺はもっともっと頑張らないとな。

「そういえば、ローリエとセリュー様の仲はどうなってるのでしょうか？」

「無垢《むく》な少年が、自分の気持ちに気づく前に、夢に向かって走り出した……といったところかな？」

俺が焚《た》き付《つ》けたのが原因らしいが、前よりも王太子としての教育を熱心に受けているらしい。

剣術や体術、護身術関係だけは俺の元に来ているけど、その時間が一番息抜きになってると本人は言っていた。

……そこそこ厳しく稽古してるつもりなのだが、温《ぬる》かっただろうか？

まあ、覚えはいいし、体に合わせた剣技を覚え込ませられるし問題はないか。

というか、スポンジみたいに何でも吸収するし、努力も惜しまないから、個人的な印象は凄く良かった。

心根も真っ直ぐだし、何故ゲームではあそこまで屈折したのか理解に苦しんだほどだ。

「ふふ、サーシャも意外と隅に置けませんね」

「君に似て、魅力的だからね」

「私は旦那様の魅力もあると思いますが」

「それなら、正しく我が子だからこそだね」

思わずくすりと微笑み合う。

「サーシャ」

「何でしょう？」

「いつもありがとう」

「それは私の台詞《せりふ》です。旦那様にはいつも感謝しかありませんから」

「いや、私こそサーシャには助けられてばかりさ」

何かと忙しい中、仕事を終えた俺をいつも労って、癒してくれるのはいつだってサーシャだ。

バジルやミントのことだってそうだし、俺の妻となって子供を生んでくれて……サーシャは本当になくてはならない存在だ。

互いに互いが励みになっていると、褒め合ってから、俺とサーシャはまたしても微笑み合ってしまう。

「では、お互い様ということで」

「ああ、そうだね」

「うぅん……おとうさま……？」

そうしてサーシャと話していると、ローリエが目を覚ます。

「すまない、ローリエ。うるさかったかい？」

「おとうさまのけはいがしたから……」

寝ぼけて、少し幼くなるローリエ。

それにしても気配で気がつくとは……我が娘ながら凄《すさ》まじい。

「そっか。いい時間だしお茶でも淹れようか。今日は私が淹れるよ」

「いえ、私が……」

「たまには私に淹れさせて欲しいんだ」

そう言って、パチリとウインクすると、サーシャは少し赤くなって黙ってしまう。

「ローリエ、手伝ってくれるかな？」

「もちろんです！」

シャキリと目覚めて返事をする愛娘。

そんな愛娘と一緒にお茶を淹れて、三人でゆったりと過ごす。

そんな午後のひと時が愛おしい。

ミントやバジルとも大きくなったら一緒にお茶をしたいものだ。

「お父様、あーん」

「旦那様、どうぞ」

そう思いながら、二人に食べさせて貰ったり、俺が食べさせたりと最高の一時。

妻と娘との時間……最高に生きててよかったと心底思う。

これからもこの時間を守りたいと思う俺は……贅沢《ぜいたく》だけど、譲れないよね。

家族との団欒《だんらん》とまったりこそ史上。

番外編

馬術

この世界で最もメジャーな乗り物。

移動手段として使われているのは馬だ。

サーシャやローリエと出かける時は、馬車を使うことが多い。

前世の世界なら、馬以外にも乗り物が多かったが、車や自転車なんかがこの世界に現れるのは当分先のことだろう。

孫曾孫《ひまご》世代からでもまだ遠いし、生まれない可能性だってあるが、俺やセレナ様のような転生者が作るかもしれないし、その辺は神様の気分次第かな。

まあ、神様がいるのかは知らないけど。

さて、日頃お世話になっている馬だが、本日からローリエの馬術の稽古《けいこ》が始まった。

令嬢に必要なスキルかと問われると、必須とは言いきれないが、覚えておいて損はない。

サーシャも実家にいる時に習っており、一人でも乗れたりするが、そこまで得意という訳でもないので、目にする機会はそうそうない。

旧カリスさんの記憶にある限り、一度だけその姿を見かけたことがあるが、ドレスではなく乗馬用スラックスを穿《は》いた凜々《りり》しい姿は美しかった。

記憶の中にしかないその姿は是非とも今度見てみたいが、それは新しくお腹《なか》に宿した赤ちゃんが生まれてから、サーシャの体調が落ち着いた時にでも誘ってみよう。

「お父様、お馬さん大きいですね」

「うちの子は皆大きいようだね」

「可愛《かわい》いです」

大人しい馬に微笑《ほほえ》むローリエ。

躾《しつけ》をしっかりとしてるのもあるが、気性の大人しい馬が我が家には多いらしい。

ローリエの方に顔を向けて大人しく撫《な》でられているのだが、何かあっても俺がどうにかできるので特に問題はないだろう。

「ローリエ、馬に乗るのは少し難しくて、危ないこともあるから、きちんと先生からの指示を聞くように」

「はい、分かりました」

物分かりの良い娘の頭を撫でると嬉しそうに笑みを浮かべるローリエ。

可愛いなぁ。

本日のローリエはいつもとは少し装《よそお》いが違う。

乗馬のために、ズボンを穿いているのだが、なかなか新鮮だ。

よく似合っている。

る。

「フォール公爵、そろそろ始めます」

そうして娘と戯《たわむ》れていると、本日の馬術の先生がやって来たのでそこからの指導を任せる。

俺はローリエのこの授業を見るために仕事を前倒しでせっせと終わらせてきたので、少し離れた場所からローリエの活躍を見させてもらう。

無論、何かあった時に手が届く範囲内だけど、我ながら日に日にその範囲が広くなってる気がする。

成長期だろうか？

成長というよりは、ランクアップとか限界突破の方が表現としては近い気もするけど、それはゲームっぽく言い過ぎかな？

リアルとゲームをごっちゃにはしない。

リアルの方が素晴らしいからね。

ローリエやサーシャのいるリアルこそ至上。


苦戦しつつも、ローリエは何とか馬に乗っていた。

覚えも早いので、この調子ならすぐに乗馬もマスターするだろう。

「では、本日はここまでにしましょうか」

初回の授業はそれで終了したけど、思ったよりも疲れたようで汗をかいているローリエ。

侍女《じじょ》のミリアからタオルと飲み物を貰っている。

そんなローリエに俺はゆっくりと近づく。

「ローリエ、お疲れ様」

「ありがとうございます、お父様」

ミリアもいるので、すぐに抱きつくようなことはせずに微笑みながらそっと駆け寄ってくる。

そんなローリエの頭を撫でると、気持ちよさそうな顔をするので微笑ましい。

「お馬さんは、思っていたよりも難しいですね」

「コツさえ摑《つか》めば、ローリエなら問題ないと思うよ。ただ、危険なこともあるからその辺はきちんと覚えておくように」

「はい」

さて、俺も仕事に戻るべきか。

でももう少しローリエとゆっくりしたいし……ふむ。

「ローリエ、疲れてるだろうから無理にとは言わないが……私と一緒に乗ってみるか？」

「はい！　乗りたいです！」

即答だった。

本当に可愛い娘だ。

ローリエを前にして馬に乗る。

乗る馬は、先程ローリエを乗せていた馬ではなく、俺がよく乗る何頭かの馬の一頭。

そこそこ速くて、賢いこの子が丁度いいだろうと判断した。

「わぁ……高いですね」

「怖いかい？」

その問いに、ローリエは笑顔で答える。

「お父様と一緒だから、大丈夫です」

優しい子だと思いながら、俺はゆっくりと馬を走らせる。

ローリエに軽く指導もしているけど、あくまでも簡単なコツ程度にしておく。

俺よりも、専門の先生の方が詳しいだろうし、無理には教えすぎない。

「はやーい！」

速度が出てくると、ローリエが嬉しそうに笑う。

いつもは馬車なので、この速度の馬に生身で乗るのは初めてになるのか。

それにしては落ち着いてるし、むしろ楽しそうだけど……ローリエらしいかな。

「ローリエ、しっかりと摑まってるように！」

そう言うと、俺は少し高い場所で馬をジャンプさせる。

そのジャンプで更にローリエのテンションは上がるけど、あまり連れ回しすぎても大変だろうしある程度にしておく。

「お父様、とっても楽しかったです！」

馬を降りてから、テンション高くそう言うローリエ。

「それなら良かったよ。ただ、さっきのジャンプのことは皆には内緒だよ？」

「分かりました！」

理由も聞かずに頷《うなず》くローリエだが、素直なのはいいことだ。

子供達に触れ回って、真似するのもよくないし、それにローリエが自主的にあれをやると空中に投げだされる恐れもあるのであくまでも俺がいるときだけというのは徹底《てってい》しておく。

「さて、汗もかいただろうし、早めにシャワーを浴びてきなさい」

「お父様も一緒にどうですか？」

「それも良いけど、それはまた今度ね」

そう頭を撫でると、頷いてからミリアを伴って屋敷に戻っていくローリエ。

まだお父さんと一緒にお風呂に入ってくれる娘にどこかホッとしつつも、反抗期になれば誘われなくなるだろうと少し寂しくもなる。

まあ、大きくなってまだ一緒に入りたいと言ったらそれはそれであらぬ誤解を招きかねないか。

「付き合ってくれて、ありがとうな」

そう馬を労《ねぎら》うと、気にするなと嘶《いなな》く。

そして、グイッと顔を背中に向けて、『代わりに乗ってけ』と強請《ねだ》ってくる。

こんなに甘えん坊だっただろうかと思いながらも、俺は後ろから近づいてくるジークの気配を感じて馬に乗ると、颯爽《さっそう》と駆けていく。

ローリエの時の安全運転を忘れたような速度だけど、体に吹きつける風が心地よい。

そうして、ジークから逃亡すると、何故《なぜ》かジークも馬に乗って追いかけてきた。

しばらくカーチェイスならぬ、馬同士の競走をしてから俺は仕事に戻ったのだが……ジークの方が馬が似合うのが少し悔しくもある。

俺が乗ると、一番槍を任せた突撃隊に感じられるのは気のせいだろうか？

白馬の似合う男でありたいものだ。

なお、そんな様子をサーシャは見ていたようだが、ジークとのやり取りは見られなかったようで、ローリエと乗っていた場面を見て微笑んでいたらしい。

聖母だ。

きっと、サーシャは聖母なのだろうと思いながら、出産が終わって体調が戻ったら一緒に乗ろうと約束をする。

指切りでの約束に少し恥ずかしそうなサーシャがとても可愛かったのは最高でした。

番外編二　プール

サーシャの妊娠が分かる少しばかり前のこと。

若干暑くなってきた頃に、ようやく我が家に専用のプールができた。

金持ちの家にはありそうなプールだが、この世界の貴族でも所有してる者はほとんどいないらしい。

実際、最古参、最大手の公爵家のうちでもなかったくらいだ。

泳ぐ文化が盛んではない証拠だけど、俺としてはこれを口実にサーシャやローリエに水着を着せたかった。

海だと、誰かに見られる恐れもあるし、我が家で人除《ひとよ》けをすれば立ち入られることもなく楽しめる。

水着というものも、広まってはいないが海辺の一部の地域にはあるらしく、セレナ様と協力して二人に似合う最高の水着を用意した。

むしろ、プールを作るよりもお金をかけた気がする。

二人の水着を見たいというのは、個人的な願望によるもの。

なので費用は多少かさんだけど、その辺はモーマンタイ。

学園や学園祭の一件から、色々あって俺はお金を手に入れられる術《すべ》が増えたからだ。

具体的には店を出した。

お菓子やスイーツの専門店。

あとは系列店としてちょっとした食事処を用意したのだが、かなりの売り上げで正直困惑している。

まあ、俺自身はサーシャやローリエ、それにこれから大きくなるミントとバジルのためにしかお金を使わない気はするけど、資金力はあって損はないし念の為にね。

今のセリュー様なら問題ないとは思うけど、乙女ゲームのようにローリエが婚約破棄された場合にその資金で他国に亡命できるようにはしておく。

他国への渡りも当てはあるし、カリスさんの実力なら雇われやすいだろう。

まあ、それはあくまでも備えなので無駄になるならそれに越したことはない。

さて、プールについて。

王都のフォール公爵家はかなりの広さを誇っている。

これまで、その敷地はそこまで活用されてなかったけど、プールを建てたところでまだまだ余るくらいだ。

少し調子に乗って、ウォータースライダーとか、流れるプールとかも作ってしまったけど、それはそれ。

子供用の浅いプールに、大人用の少し深めのプール。

屋内用のプールだけでなく、屋外にもプールがあるのだが……この広さだとかなりの水が必要になる。

この国自体、水資源は豊富だし、公爵家の地下にも水脈があるので問題はないけど、浄水施設もなんとかした。

近くの森にある川からも水を上手いこと引っ張れるようにあれこれと動いたけど……面倒なのでその辺は省く。

全てはサーシャとローリエに楽しんでもらうため。

そして、俺が二人の水着を見たいがため。

なので、頑張ったとだけ言っておこう。


「ふむ、まああか」

男物の水着に、ラッシュガード。

わざとラッシュガードの前を開けておくことは忘れない。

腹筋チラ見せは基本だろう。

とりあえず着替えが終わったので、更衣室から繋《つな》がる屋内用のプールに行くと、サーシャとローリエの着替えをゆっくりと待つ。

軽い準備体操は忘れないけど、それにしても我ながら中々立派なプールを作ったものだ。

魔法とかとは縁のないはずの世界だけど、過去の大帝国時代のテクノロジーは現代科学よりも進んでいたそうで、その遺産がそれぞれの国にはあるそうな。

……はて？　俺が知ってる乙女ゲームの設定にそんなものが存在しただろうか？

そう思ったけど、あるものはあるのだし仕方ない。

恐らくは、ゲームで描写されてないだけか、はたまたこの世界がゲームと少し違うのだろうが、この辺はセレナ様とある程度情報を共有しておいた方が良さそうだ。

家族を守るためにはなるべく頭を柔らかくして柔軟に対応する必要があるので、その辺は上手いこと受け入れつつ万が一も想定して対策も考えておくとしよう。

出来ればその万が一は来ないで欲しいけどね。

俺がこの前領地で手に入れた謎の鍵。

これも恐らく古代のオーバーテクノロジーに関係してそうだが、使う機会が来ないことを切に願う。

何の鍵かは知らないけど、使うような事態になったときには絶対に厄介事に巻き込まれてる気がするしね。

何事も平和が一番。

かなり話が逸《そ》れたけど、何故《なぜ》に大帝国時代の遺産の話をしたのか。

それは、この国にもその遺産がいくつかあるからだ。

王家から譲り受けた中で、栄枯盛衰を経ても手元に残り続けたものが我が家にもある。

他の家のものは、大体が王家に回収されたけど、セリュー様の指導やら、国のことやらで国王に大きな貸しのある俺はセレナ様と協力してその遺産のいくつかを譲り受けることに成功していた。

効果は様々。

お湯に入れると入浴剤のような効果を発するものや、水をろ過《か》するもの。

ほとんどが戦闘向きではないけど、かなり便利なので有効活用している。

まあ、セレナ様の協力を仰いだことで、時たまこのプールを貸すことになったのは正直何とも言えない気持ちだけど……それはそれ。


「お父様、お待たせしました!」

しばらくしてから、最初にやってきたのはローリエだった。

可愛《かわい》いフリルのついたワンピースタイプの水着。

いいね、凄く可愛い。

「似合ってるね。とっても可愛いよローリエ」

「えへへ」

「お母様はもう少しかかるのかな?」

「恥ずかしそうにしてました」

予想通りの返事に満足。

貴族女性は肌を見せる服を着ることがないからなぁ。

裸に見慣れてようと、水着はまた違ったものがある。

サーシャの恥じらう姿も好きだけど、ゆっくり待つのも夫の義務。

「じゃあ、少し準備体操して待ってようか」

「はい！」

おいっちにー、さんし。

ローリエが俺の動きを真似て、準備体操。

サーシャにも後でやってもらうけど、怪我《けが》には気をつけないとね。

そうしてローリエと準備体操をしてから、のんびりと待つことしばらく。

「お、お待たせしました」

意を決したようにサーシャがこちらに出てきた。

最初に見た時の感想は美の女神だった。

ビキニタイプの水着で、スラリとした手足が眩《まぶ》しい。

スタイルの良いサーシャには、似合うと思っていたけど最高にキュートだ。

「とっても綺麗《きれい》だ。素敵だよサーシャ」

「あ、ありがとうございます……」

そう言いながらもじもじするサーシャ。

水着が恥ずかしいのもあるだろうけど、チラチラと俺の腹筋の辺りで視線を泳がせているのがとても可愛い。

男の水着なんて大して価値はないと思っていたけど……ラッシュガードから覗《のぞ》く僅《わず》かな筋肉、いつもと違う装いは効果的なのかもしれない。

存分にサーシャを褒めまくる。

それに負けないくらいローリエも褒めるけど、恥ずかしそうなサーシャと、そうでもないローリエの対比もまたいい。

水着姿だけで非常に満足してしまった。

もうこのままサーシャとローリエの水着ファッションショーで良いのでは？

そんなことも思ったけど、ウォータースライダーにしばしば意識が行ってるローリエには気づいてるのでそんな自分勝手な真似はしない。


「きゃー！」

ローリエと一緒にウォータースライダーを滑《すべ》る。

かなりの変化だけど、着水してから顔を出すローリエはすごく楽しそうだ。

なお、ウォータースライダーの前に泳ぎ方を軽くレクチャーしたのだが、サーシャとローリエはすぐに簡単な泳ぎはマスターしてしまった。

母娘揃《おやこそろ》ってハイスペックだなぁ。

「今度はお母様と滑りたいです！」

「では、行きましょうか」

上に戻ると、ローリエはサーシャを指名する。

二人仲良く滑るのをゆっくりと上から眺める。

パシャン！

気持ち良い音で着水する二人。

初心者には危なく感じるが、二人は普通に水中から顔を出して息をする。

「ぷはぁ……あはは！　お母様、お母様！」

「もう、急に抱きついてきちゃダメですよ」

そう言いながらも、よしよしと抱きついてきたローリエを受け止めるサーシャ。

昔から考えると劇的すぎる変化だけど、ローリエが素直にサーシャに甘えられるようになって、サーシャもローリエのことをしっかりと見るようになった。

その二人の世界は優しくて、見ていてとても心地よい。

「おとうさまー！」

プールから陸地に上がると、ローリエが手を振ってくる。

それに応えると、サーシャも控えめに手を振るのでウインクで返してみた。

すると、サーシャは照れたように視線を逸らす。

渋いおじさんのウインクはサーシャには効果があるようで何より。

「おとうさま、おとうさま！　これ凄く楽しいです！」

階段は大変だったかと思ったが、ローリエは疲れを感じさせることなく楽しげだ。

興奮してるからか、口調が少し幼くなるけど、そこもまたいい。

「こんどは、おとうさまとおかあさまといっしょにすべりたいです!」

「そうだね、そうしようか。サーシャもいいよね?」

「はい、勿論《もちろん》です」

娘の可愛いお願いに即答してから、俺はサーシャとローリエと一緒にウォータースライダーを滑る。

華奢《きやしゃ》なサーシャと小さいローリエ。

二人と滑るのは凄く楽しい。

ウォータースライダーの設計と安全対策を万全にしておいて良かったと思いながら何回も楽しむのであった。


「すぅ……すぅ……むにゃむにゃ……」

ウォータースライダーで楽しんでから、軽くプールで遊んで、昼食を終えると、ローリエは寝てしまった。

シートの上とはいえ、風邪をひくと困るので濡れても大丈夫なタオルを一枚敷いてから、そこにローリエを移動させる。

「疲れたのでしょうね」

そう微笑《ほほえ》みながら、サーシャがタオルケットをローリエにかける。

その母性的な微笑みが凄く美しくて思わず見惚《みと》れてしまう。

「だな。しばらく寝かせておこう」

「はい」

そう言ってから、俺とサーシャは並んでプールを眺める。

景観を良くしたからか、不思議と見ていて飽きないその景色を見ながら俺はサーシャに聞いた。

「サーシャは楽しめたかい？」

「はい、凄く。最初はその……恥ずかしかったですけど……」

そうもじもじして、身動《みじろ》ぎするサーシャさん。

その言葉でまた意識したのか、俺の方をチラチラと見てくるけど……そんな様子が微笑ましい。

「それなら良かったよ。私としてもこうして三人で遊べて楽しかった。ミントやバジルが大きくなったら五人で遊ぶのもいいかもしれないね」

「そうですね」

その頃にはまた家族が増えてたりして……なんてね。

子供は天からの授かりものだし、巡ってきたらって感じが一番かな。

「私としては、サーシャの水着を独占するのも悪くないと思ったけどね」

そう言うと、サーシャが赤くなって照れる。

「それにしても……ローリエも大きくなったものだ」

スヤスヤと寝ている愛娘《まなむすめ》を見て思わず呟《つぶや》いてしまう。

「ええ、すっかり立派になってきました。優しい子に育ってくれて……凄く嬉しいです」

優しい瞳をローリエに向けるサーシャ。

同感だ。

「そうだな。どんどんと大人になっていく。私達の想像を超えるような、そんなことを成し遂げるかもしれないな」

「ふふ、そうかもしれませんね。でも……」

「ああ、そうだな」

そう微笑み合ってから、俺達は口を揃えて言った。


「『元気に育って、幸せになってほしい』」


それが、俺達の共通の願いだった。

その言葉にまた視線が合わさって、吸い寄せられるように俺とサーシャはゆっくりと近づいていき……そっと、口付けを交わす。

その余韻が消えないうちに、じゃれ合うように額を合わせて微笑み合ってから、また再

び離れて視線を交わす。

そうして、ローリエが起きるまで二人の時間を堪能《たんのう》するのだったが、その後はローリエと三人の家族の時間も楽しめた。

ミントやバジルが大きくなったら、五人でまた来よう。

そう約束をするけど、その時には更に家族が増えていることをこの時の俺は知らない。

何にしても、二人の水着も、二人との時間も最高でした。

番外編三　プチ改革

学園の経営権を手に入れてから、ゆっくりと俺は生徒の意識改革も進めていた。

男は簡単だ。

いや、単純の方が近いかな？

プライドが邪魔する余地もない圧倒的な高みの力を見せれば何とかなる。

具体的には、俺と騎士団長の二人で少し真面目に稽古《けいこ》をしてみた。

自分を高みと呼ぶのには抵抗を覚えるけど、カリスさんが化け物スペックなのは間違いないので、否定はしない。

現騎士団長であるグリーズ子爵は、間違いなくこの国の最高戦力であり、世界でも通用するレベルなので参考には持って来い。

俺……というかカリスさんも、かつては《剣鬼《けんき》》と呼ばれていた存在なので知る人は知っている。

看板としては打って付けと言えよう。

無駄に言葉を重ねるよりも、見た方が早い。

そう思っての真面目な稽古は予想以上に評判が良かった。

成人が近いとはいえ、まだまだ子供な部分のある彼らには純粋な部分も残っており、その部分が刺激されたのも良かったのかもしれない。

なお、その稽古の実施を聞きつけて何故《なぜ》かセレナ様がセリュー様とレベンと……屋敷からローリエまで連れ出して見物に来たのには驚いたけど、子供にいい顔がしたい俺と騎士団長にはプラスになったので良かったといえば良かったかな？

「おとうさま、かっこよかったです！」

終わったあとのローリエのべた褒めが心地よい。

「レベン、どうであった？」

「は、はい！　凄かったです！」

「うむうむ。参考にするといい」

そういえば、グリーズ子爵もかなり息子のレベンと仲良くなったようだ。

溝はすっかり埋まってきたようで、以前と比べても親子の仲が深くなったようで、何より。

「あ、あの……フォール公爵」

「何でしょうか？」

「……僕もフォール公爵みたいになれるよう頑張ります！」

あと、何故かセリュー様に火をつけてしまったようで少し困惑したけど、やる気なのは良いことだ。

しかし。

「無理はしないよう。セリュー様の代わりはいません。ご自愛しつつ、励みましょう」

「……？　は、はい！　ありがとうございます！」

目一杯の笑顔。

この子もまだまだ子供なのだろうと微笑《ほほえ》ましくなるけど、ローリエが少し拗《す》ねそうだったのでそのフォローは忘れない。

うんうん、大丈夫だからねと、よしよしとするとすぐに機嫌がなおる愛娘《まなむすめ》がとても愛おしい。

とはいえ、ローリエだけ可愛《かわい》がるのでは不公平なので帰ってからきちんと愛する妻であるサーシャや、生まれたばかりの双子のミントとバジルの相手もしないと。

家族サービスではなく、家族への当然の愛情だよね。

さて、そんな訳で一部を除き、男子生徒のハートは鷲摑《わしづか》みにできたと思う。

残るは女子生徒と例外的な男子生徒達に関して。

女子生徒には、これまで学ぶ機会の少なかった分野も履修できるようにしてみた。

具体的には、経営学や武術など。

これまで、男子生徒のみが受けていた授業を、女子生徒も受けられるようにした。

反対に女子生徒のみが受けていた授業を男子生徒が受けられるようにもしたけど、あくまで希望者のみで強制はしない。

向き不向きもあるし、見分を広げる糸口程度の些細《ささい》なものだからだ。

今までの学園で、女子生徒が学ぶことはそう多くなかった。

嫁《とつ》ぎ先で必要な最低限のことは実家で習っていただろうし、令嬢、夫人としての振る舞いは十人十色。

余程の身分差でなければ大体通用するし、ある程度なら見逃されるからだ。

だからこそ、これまでの学園はあくまで、派閥や人間関係構築の場という位置づけであったのだろう。

今の貴族社会ならそれでも通用するだろうし、問題もないと言えるのかもしれない。

しかし、学べる機会が多いに越したことはない。

折角の学園だ、子供達の可能性を伸ばせるなら伸ばす方がいい。

無理《むり》強《じ》いはしないけど、子供達の可能性を摘《つ》み取《と》るよりも、興味関心によって才能を開花させる方がいいだろう。

なので、更に深く学べる環境を作ってみた。

ある種の女性の社会進出の地盤固めにもなるけど、いきなり進めても浸透しないどころか、争いの元になるのは目に見えている。

焦らずじっくりと、学べる範囲を広げて、豊かな教養を身に着けてもらろう。

本当はセレナ様辺りに広告塔として頑張ってもらう予定だったけど、あくまで本人はマルクスを立てる良妻ポジを考えてるようだし、仕方ない。

俺にできるのは、学べる場所と、道と価値観は一つじゃないというのを伝えることくらいだ。

次世代のことは子供達がきっとより良くしてくれる。

安心して託すためにも、できるだけ多くを知って、世界を見て楽しんでもらおう。


さて、他にできること。

お菓子や恋話《こいばな》や恋愛小説で上手いこと関心を集める。

まずお菓子は、サーシャやローリエには色々作ってあげてるけど、そのうちセレナ様にも卸《おろ》しているものをチョイスして出してみた。

中々評判がよく、お菓子作りを始めるご令嬢まで出てきたとか。

料理系の学部のための伏線にもなっていいことだ。

男子生徒の中にも、興味のありそうな生徒がいるようだし、その辺は徐々にだな。

男女平等なんてハードルの高そうな世界を目指す訳じゃないけど、好きなものを好きと言って、それを温かく見守る世の中になれば俺の可愛い子供達の代はきっと平和だろうと思う。

レシピだけは色々と思い出せるので、まだまだ色々作れるけど、俺はサーシャとローリエ、そして大きくなったらミントやバジルにもだけど、愛する家族にしか基本的に作る気はなかったので、まず初めて作るものは家族にしか出さない方針でいる。

当然のことだけど、家族が第一。

まあ、愛娘と愛妻に甘くなるのは仕方ないよね。

そして、恋話は……これも、セレナ様と協力して校内をコントロールできる範囲で円満にカップル成立を狙ってみた。

無論、婚約者のいる相手に無理やりやったりはしないし、身分差とかも考慮《こうりょ》して可能な範囲でだけど、セレナ様と俺の部下の中で学園に潜入して生徒に交じってる者達が実に優秀で助かる。

にしても、まさかセレナ様も学園に密偵を放っていたとは。

俺はこの件より前の転生初期から念の為に人員を送っていただけなのだが、あの王女様の場合この状況を見越していた可能性もあるし何とも言えないところ。

生徒達くらいの年齢なら、色恋の話は無視できないし、箱入りなお嬢様が平民の女の子達の恋話に興味を持って仲良くなるケースもあり、割と順調と言えた。

やっぱり恋話は強いね。

そして最後の恋愛小説は……セレナ様と俺がそれぞれ違うジャンルを担当して作ったのがウケたようだ。

俺↓溺愛系《できあいけい》
セレナ様↓じれじれ系

ちなみにこの小説は作者名を公表せず、セレナ様お抱えの作家ということにしている。流石《さすが》に恋愛小説を書く渋いおじさんはギャップがねぇ……ローリエは勿論《もちろん》、サーシャにも秘密にしているのだけど、別にバレても問題はなかったりする。

仕事だと言えば問題ないし、この程度で落ちるような好感度の上げ方をした訳でもないし、夫婦の絆、親子の絆には自信はある。

じゃあ、何故《なぜ》言ってないのかといえば、いざという時にバレても問題ない秘密をひとつかふたつ持ってた方が良さそうだったので、何となくだ。

仕事用にはじれじれ系かカタルシスのある物語がメインなセレナ様だけど、その当の本人はそれだけでは満足せずに趣味としても書いているらしい。

強気なツンデレ系を堕《お》として、調教……もとい、忠犬にさせるようなそんな話。

性格が出てるなぁ、としみじみ思った。

読みたいとは思わないけどね。

現在進行形で、攻略対象の宰相《さいしょう》の息子のマクベスが似たような感じで堕とされて調教されてるのを見てるし、正直お腹《なか》一杯です。

「よく次から次に書けますね」

「フォール公爵も素敵なご趣味なようで」

互いに互いの趣味を理解しきれないと分かっているのでなるべくノータッチな方向ではいる。

人の趣味にとやかく言うのもあれだしね。

ただ、上手いこと調教……ではなく、躾《しつけ》がされてきているマクベスを見ると少し背筋がゾクリとする。

怖いなぁ。

きっとマクベスはもう、あの王女様から逃げられないのだろうなぁと思うと少し同情するけど、本人も望んでるようだし仕方ない。

気になるのは、セレナ様が前にサーシャに似たような視線を向けていたこと。

俺はあなたみたいにエグい方法は取ってないはずだけど……まあ、サーシャは優しいから何でも受け入れてくれるしついつい甘えてしまう。

そんな妻が素敵すぎて最高です。

……うん、思いっきり脱線したね。

まあ、俺の文才はさておき、セレナ様の煽動《せんどう》もあってご令嬢達は文学の世界にも足を踏み出す。

それによって得られた体験で心が穏やかになれるのだから、不思議なものだ。

中には自身で執筆するようなご令嬢もいるそうだけど、趣味として楽しむのが一番だよね。

それらでまずは興味関心を買い、王妃様から実際にお言葉を頂いたりといったことも功を奏して学園には秩序が戻り始める。

貴族家の奥様として、また、かつての令嬢の鑑《かがみ》として最も相応《ふさわ》しいサーシャの様子を見せてもよかったのだけど、俺の独占欲が働き王妃様が代打になった。

サーシャを見世物《みせもの》にしたくないし、まだ出産したばかりのサーシャに大変な思いはさせたくないのだ。

王妃様もそこそこお忙しいのだけど、この件の重要性は理解してくれてたのかすんなりと来てくれた。

「フォール公爵、お礼のお菓子楽しみにしてますね」

……いや、お菓子が目当てか。

抜け目ないところは、セレナ様にそっくりだ。

流石は母娘《おやこ》というべきか。

とりあえず仕事の対価は正当に支払われるべきだろうし、この前サーシャとローリエに出したモンブランでも渡してお茶を濁《にご》しておこう。

そして、さり気なく俺と騎士団長の真面目稽古が人気を集めて、年一で行うことになってしまったが……娘の安全な学園生活のためなら仕方ないと割り切る。

バトルオタクの気質はないと思うけど、娘にいい顔したくてついつい本気になりそうになる俺を誰が責められよう。

本気でやった場合、観客にも被害が出かねないし、転生してから何故か俺は前のカリスさんよりも強くなりつつあるのでその辺はきちんと理性で自重する。

大人になったものだよねぇ。

そんな訳で学園の方は一段落。

これらを通常の仕事と家族との憩《いこ》いの時間を両立して成し遂げた俺は頑張ったと思う。

今回の件で、更にセレナ様の支配力を強めてしまう形になったけど……まあ、次期宰相としてマクベスにはそういう力も必要だろうし問題ないかな。

どちらにせよ、あの王女様を敵には回したくないものだ。

マクベスに手を出さなければ恐らく利害は一致してるし、気にしなくても良さそうだけど、油断せずに根気よくだな。

正直、サーシャの件では借りがあるのでそれは早めに返さないとだけど……お菓子でいいよな。

サーシャの件。

それは、サーシャが双子を出産する前に出かけたとある日に賊の襲撃を受けた件だ。

乙女ゲームでは、その時に本当はサーシャは命を落としていたらしい。

……今思い返しても腹が立つ。

賊とその計画を立てた裏で糸を引いていた貴族にはそれ相応の罰は与えたけど、これを知らなければ俺はサーシャを失ってたと思うと更に怒りがくる。

己の無知と無力さが悔しい。

だからこそ、もう絶対に油断はしない。

家族に心配をかけずにスマートに速やかに徹底的にやる。

不思議とそう考えると何も難しいことはない。

愛する妻と娘……そして、新しくできた娘と息子のためなら俺は何でもできると言いきれる。

言い切ってみせる。

ただ、流石に少し頑張りすぎたかな。

とりあえずは学園の件が一段落したのは確認したし……サーシャやローリエ達に会いに行こう。

――いつもより念入りに愛《め》でようと心に誓うのは忘れずに。

akuyakureijo no chichioya ni
tensei shitanode
tsuma to musume wo
dekiai shimasu 2

あとがき

二巻です！　二巻が出ました！

今巻もお手に取ってくださり、誠にありがとうございます。

作者のｙｕｉ／サウスのサウスです。

『悪役令嬢の父親』の二巻が出せて、最高に嬉しい作者ですが、今巻もイラストを担当してくださった花染《はなぞめ》なぎさ先生や、いつも通りアイディアが散らかりすぎの作者を上手くコントロールしてくれた担当様には感謝しかありません。

本当にありがとうございます。

勿論《もちろん》、読んでくださった、読者の皆様にも感謝を。

本作を買って、面白いと言ってくださる方のお陰で、こうして二巻を出すことができました。ほんとの本当にありがとうございます！

さて、Ｗｅｂ版に比べて、書き下ろしの比率が多い二巻ですが、一番出番が増えたのは、セリューくんかもしれませんね。彼が、どうやって超絶ファザコンのローリエを惚れさせるのか……次の楽しみにして頂けると幸いです。

父親キャラ、父親像というのは、色々あるからこそ難しくも深いジャンルだと個人的には思ってます。どんな形であれ、子供のことを考えてその為に動ける人こそカッコいい。コ○ンのおっちゃんや作家の父親、ク○しんの父親と、大人になればこそのカッコよさ……いいですよねぇ。

カリスさんはストレートすぎるかもしれませんが、シンプルだからこそ難しく感じるのも人情というもの。そこまで深いテーマを掲げているわけじゃない本作ですが、妻と子供を溺愛《できあい》するおっさんが好きな作者なので今さらかもしれませんね（笑）。

さて、そろそろ謝辞をば。

二巻もイラストを担当してくださった花染なぎさ先生。お忙しい中、今回も素敵なイラストをありがとうございました！　先生の素敵なイラストで百倍くらいキャラの魅力がアップされて、とっても筆が進みました。

いつも面倒な作者を上手くコントロールしてくださった担当編集様。いつも作者が気づかないことやアドバイスのお陰で二巻を無事に出すことができました。本当にありがとうございます。関係各所の皆様も、お忙しい中、ありがとうございました。

それでは今回はこの辺で。ではでは。

お買い上げ
りがとうございます!

akuyakureijo no chichioya ni
tensei shitanode
tsuma to musume wo
dekiai shimasu 2

本書は、二〇二一年から二〇二二年にカクヨムで実施された「第7回カクヨムWeb小説コンテスト」で恋愛（ラブロマンス）部門〈特別賞〉を受賞した『悪役令嬢の父親に転生したので、妻と娘を溺愛します』を加筆修正したものです。

悪《あく》役《やく》令《れい》嬢《じょう》の父《ちち》親《おや》に転《てん》生《せい》したので、妻《つま》と娘《むすめ》を溺《でき》愛《あい》します 2

2023年7月28日　初版発行

著者　yui／サウスのサウス

イラスト　花染なぎさ

発行者　山下直久

発行　株式会社KADOKAWA
〒102-8177 東京都千代田区富士見2-13-3
0570-002-301（ナビダイヤル）

編集企画　ファミ通文庫編集部

デザイン　ムシカゴグラフィクス

写植・製版　株式会社スタジオ205プラス

印刷・製本　凸版印刷株式会社

●お問い合わせ
https://www.kadokawa.co.jp/（「お問い合わせ」へお進みください）
※内容によっては、お答えできない場合があります。
※サポートは日本国内のみとさせていただきます。
※Japanese text only

 ISBN978-4-04-737580-2　C0093
定価はカバーに表示してあります。

針子の乙女
HARIKO NO OTOME
針と蜘蛛と精霊で織りなす
幻想的な異世界裁縫
ファンタジー。
［はりこのおとめ］
著＝ゼロキ
Zeroki Presents
Illustration 竹岡美穂
Illustrated by Miho Takeoka
コミカライズ
ヤングエースUPで
絶賛連載中
①〜②巻
絶賛発売中！
B6判単行本
KADOKAWA／エンタープレイン刊
KADOKAWA
enterbrain

リアデイルの大地にて
目覚めたのは
200年後の未来!?
かつて自らが成したこと、
そして仲間たちの
軌跡を辿る旅の果てに
あるものは――。
STORY
事故によって生命維持装置なしには生きていくことができない身体となってしまった少女“各務桂菜”はVRMMORPG『リアデイル』の中でだけ自由になれた。ところがある日、彼女は生命維持装置の停止によって命を落としてしまう。しかし、ふと目を覚ますとそこは自らがプレイしていた『リアデイル』の世界……の更に200年後の世界!? 彼女はハイエルフ“ケーナ”として、200年の間に何が起こったのかを調べつつ、この世界に生きる人々やかつて自らが生み出したNPCたちと交流を深めていくのだが――。
著:Ceez
イラスト:てんまそ
B6判単行本
KADOKAWA/エンターブレイン 刊
KADOKAWA enterbrain

女神により転生することになったお爺ちゃん。
望んだのは「健康な体」だけだったのに、
チート能力までも与えられてしまう！
転生後にその力を持て余していた彼は、
女神の「冒険者になって人生を楽しみなさい」
という助言により、冒険者として王都へ赴く。
コミカライズ
月刊コミックアライブ
Webにて
毎月27日連載中！
enterbrain

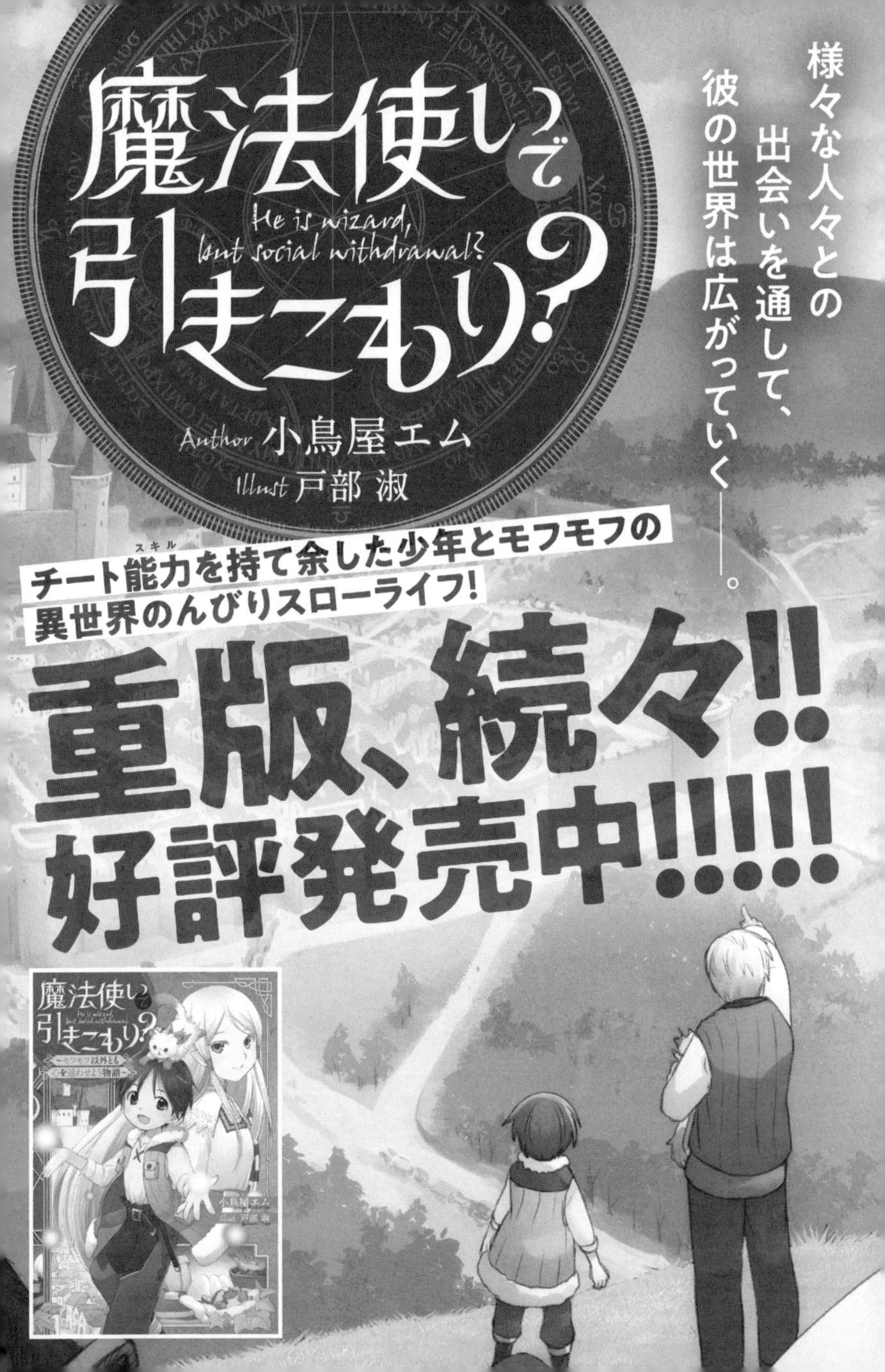

魔法使いで引きこもり？
He is wizard, but social withdrawal?
Author 小鳥屋エム
Illust 戸部 淑
様々な人々との出会いを通して、
彼の世界は広がっていく――。
チート能力《スキル》を持て余した少年とモフモフの
異世界のんびりスローライフ!
重版、続々!!
好評発売中!!!!!
魔法使いで引きこもり？
〜モフモフ以外とも心を通わせる物語〜
小鳥屋エム
戸部 淑

ソードマン
[バスタード・ソードマン]

月汰元
[イラスト]
himesuz